volume one

# Who's Your daddy?

JANG RYANG



# 誰是你爸爸

Jang Ryang | Sashimi | SalmonPink
Presents.

CONTENTS

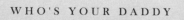

# Chapter.0 ✦ ✦ ✦

## CHAPT. 0

## Who's your daddy?

彼得沉默了許久。

「怎麼了？難不成我得了什麼不治之症嗎？」

面對彼得持續的緘默，坐在他面前的男人於是語氣淡然地問道。

那平靜的口吻，彷彿在談論著別人家的事情。

「……」

彼得用呆愣的表情看著桌子另一頭正在微笑的朋友，低下頭，再度看了一次診斷書上的圖表，才又抬起頭看向對方。

路易斯．艾力克斯。

在彼得看來，路易斯真的是一個很不錯的男人，並非因為他們是關係要好的朋友他才這麼說的。那俊俏的臉龐和高挑的身材，還有一副如春風般和煦的氣質外表，這儘儘是路易斯所擁有的條件當中最微不足道的一項。

路易斯是極具名望的艾力克斯伯爵的長子，在僅僅二十六歲的年紀，就順利晉升首都第二警備團的團長一職。

當然，他並不是什麼稀世的天才，比他還聰明的人也大有人在。若是翻閱過去的資料，也有好幾位是較他更為年輕就當上團長職位的。比他帥氣的人外面多的是，而比他性格還要好的，雖然實在稀少，但仔細找找，也不是沒有。

儘管不是某個部分特別出眾，但是像他這樣家世背景、個性、能力、外貌等等，各方面條件都能同時達到A級的完美男人，實屬難得。正由於他是如此人見人愛受到歡迎，每當政界或財經界發生重要的事情時，他總是會收到各方的邀請。身為警備團團長的他，更是不乏忙於長輩們的召喚晉見，這同時也代表了，他正馳騁在聲名遠揚的康莊大道上。

就算是以一名朋友的角度來評斷，彼得也會說路易斯是一個很棒的傢伙，這一點可是毫不誇張。面前這個男人生性憨厚誠懇，卻不古板，懂得喝酒也會玩樂，總是很能融入氣氛。

「……」

不顧面前的路易斯已經等得不耐煩地皺眉，他仔細地重新思索著自己對於眼前這位朋友的認識。

不管怎麼看，路易斯都是個善良正直的傢伙。雖然偶爾給人少根筋、脫線的感覺，但也不失為一種瀟脫和男子氣概的表現。要是沒人幫他打理好一切，就算好幾天沒洗澡不換衣服，他也毫不在意，而眾人對於他的過度信任和關注，更是讓他倍感困擾。

正由於他其餘的條件都很完美，使得那些美中不足的部分特別地明顯，彼得一直認為這正是路易斯的魅力所在。一個人若是太過完美，會讓人覺得難以接近，從這個意義上來說，路易斯的人格特質平衡地恰到好處，是個令人相處起來非常自在的一個人。然而……

「到底是怎麼了？」

路易斯皺著眉頭再次問道。

即便是在一個拿著診斷書面色沉重的醫生面前，路易斯依然態度鎮定，沒有任何緊張的神色。

今天上午，路易斯在警備團訓練的中途突然昏厥，隨後被送到了醫務室。雖然他很快就恢復了意識，但是一個原本健健康康的男子忽然地倒下，還是令眾人頗為擔憂。無視嘴裡唸著說不用麻煩的路易斯，彼得硬是幫他做了幾項簡單的檢查，而現在結果才剛出來。

「路易斯。」

他終於開口呼喚了眼前好友的名字。

路易斯用他特有的一種淡悠悠的表情，「哦」地回答了一聲。彼得繼續連番確認著診斷書和路易斯的臉龐。

這到底是該教人如何啟齒呢？自從彼得八年前進了警備團的醫務隊工作，至今為止，他還不曾開口說過這句話。畢竟他所治療的對象幾乎都是滿身是汗的臭男生，大多是哪裡摔著或撞傷因而需要醫治的傢伙們，他平常根本沒有機會公佈這種診斷結果。彼得曾經有兩次告知患者重大病情的經驗，然而就算是當時，他也不像現在感覺這麼難以啟齒，彷彿唇尖上被掛上了笨重的秤砣，試圖掀起的唇瓣不停顫抖著。

「我沒關係的，你就直接說吧。」

聽著路易斯的安慰，彼得只好將「不，我有關係」這句回答吞了下去，艱難地開口道：

「……那個，路易斯，你的身體最近是不是有點異常？差不多……從四個月前開始？」

彼得小心翼翼地提問，路易斯聽了，歪了一下腦袋。

「異常？」

他非常遲鈍地重複。

彼得只好對著那張呆滯的臉蛋一一背誦出初期的那些症狀。

「譬如說，時常感到頭暈，或是會噁心想吐、腰痛或者是肚子痛之類的……」

「啊、好像是這樣沒錯！」

路易斯一邊回想，一邊表示同意。

「被你這麼一說，還確實有這些症狀。暈眩的時候呢，嗯……坐下來休息一下就沒事了，所以沒什麼關係。倒是上個月真的反胃得很嚴重，一聞到食物的味道就覺得噁心，所以我都只能吃水果，不過最近感覺有比較改善了。」

# Chapter.0 ✦ ✦ ✦

「……這樣子啊，原來有改善了是嘛。」不舒服了這麼久卻一次都沒看過醫生啊。都已經過了四個月了……彼得面對著這個不只是遲鈍還看起來很傻氣的朋友，只能先嘆了口氣再說。該拿他怎麼辦才好，這個像隻大笨熊的傢伙。他將臉埋在雙手中，抑制住那股瞬間想哭的衝動。

「怎麼了？我真的快死了嗎？」

路易斯像是覺得朋友臉色難看的樣子很有趣似的，還帶著些許笑意問道。

「沒有，不是那樣的。」

彼得把診斷書放在路易斯的面前，一副他終究是說不出口，要路易斯自己看的神情。

「喂，看看你寫的這什麼字啊？你自己看得懂你在寫什麼嗎？簡直是蚯蚓在爬。」

路易斯盯著診斷書上的圖表字跡，噗哧地笑了出來。

「天才們的字本來就都很醜……欸、不是！我是要你看這下面，最底部的地方。」

彼得慌忙地解釋到一半才回過神來，用手指指著路易斯眼前圖表的最底端之處。

「——路易斯你，四個月前是和誰上床了？」

他直視著路易斯的眼睛問道。

路易斯看著他手指頭底下的文字，眨了好幾下眼睛。

「呃、這個是不是診斷結果有誤啊？」

路易斯神色略為驚訝地反問道。

居然只是略為驚訝而已，彼得由衷佩服朋友處變不驚的態度，又看了一眼對方正低頭望著的那行字。

——妊娠。

彼得的好友，路易斯・艾力克斯懷孕了，而且已經懷胎四個月了。

「我重新確認了好幾次，我真的檢查了又再檢查，可是結果一直顯示你有孕在身……」

這位首都女性們心目中最理想的結婚對象，如今不是讓別人懷孕，竟然是自己懷上了寶寶！

彼得當時看到這般令人衝擊的檢查結果，也是重覆地檢驗了好幾次，不停地確認著數據。但是最後出來的結果，每一次都是明晃晃地顯示著妊娠中的事實。況且，孕期已來到四個多月，檢查結果是不太可能出現差錯的。

兩個人好一陣子都說不出任何話來，路易斯眼神呆愣地看著那份診斷書，過了好一會，終於輕輕地嘆了一聲。

「孩子的父親到底是誰啊？」

被彼得這麼一問，路易斯露出了為難的神情，閉著嘴沒有答話。

「三皇子？賽里昂公爵？還是阿拉爾侯爵？——到底是誰？」

彼得一個個地列舉出和路易斯有交情的皇室成員，候補人選明顯就這幾位了。肯定不會是那位半身不遂長期臥床的皇帝，而皇太子和路易斯兩人又堪稱是死對頭，關係非常不好。至於

Chapter.0 ✦ ✦ ✦

其他的皇子們，要嘛年紀太小，要嘛被派去了邊陲地不在都內，那麼，父親人選勢必就是這三人當中的其中一位了。然而路易斯卻不肯回答，只是低著頭，一直看著那份診斷書。

天神曾賜予帝國的皇室七大祝福，其中的「多產之福」按照著天神古怪乖僻的性格，以特異的形式顯現了出來：與擁有皇室血統之人交合的男性亦能為皇族產下子嗣。

雖然過去的歷史上存在著一些男性懷孕的先例，但是並不常見。直至近代，幾乎已經罕見到無法找到實際的案例了。人們談論著為何懷孕生子的男人就此消失，甚至因此出現皇族的血脈在某個時候，將因為皇后的不倫而遭到斷絕的傳聞；又另有一派說法，宣稱著天神賜予皇室的祝福已經徹底失效。

「我問你到底是誰嘛，路易！」

在彼得的追問之下，路易斯不禁又輕嘆了一口氣。

彼得掩飾著忐忑不安的心情屏息等待著。該不會是阿拉爾侯爵吧？他可是個有婦之夫啊。

隔了良久，路易斯才終於開口。

「……父親是誰很重要嗎？」

彼得皺起了眉頭，「這還用說嗎！」

一個大男人有了身孕，意味著他懷了具有皇室血統的子嗣，無論選擇生下來或是拿掉，都註定了他未來前路的艱難險阻。

要是生下這個孩子，想必整個首都將會引發風暴般地一場大亂；若是選擇把孩子打掉……天啊，上哪去找一個願意私下開刀拿掉皇室子嗣的密醫？

「究竟是誰讓你這麼難以啟齒啊？真的是阿拉爾嗎？」

彼得一邊看著那張寫著「妊娠」的診斷書一邊質問著路易斯。路易斯像是頭疼似的，扶著自己的額際發出連聲的嘆息，欲言又止的嘴唇顫動著。彼得見了他這番掙扎猶豫說不出話來的樣子，連帶感覺自己身上的血液也都要乾涸了。

什麼啊，原來真的是阿拉爾嗎？彼得做好了心理準備，耐心地等待著有點反常的好友向他承認。如果他說這個孩子確實是阿拉爾的，該用什麼話來回覆他才好？應該先摟摟他的肩膀嗎？

彼得焦急等待著的同時，滿腦子都是這些念頭。

長吁了一口氣之後，路易斯終究是開口說話了。然而他所說的，卻不是彼得預想中的那些內容。

「那個……四個月之前，我的確是不小心犯下了一個錯誤。」

路易斯的表情像是自己回想起來都覺得荒唐。

「……我也不知道，對方到底是誰。」

Chapter.1 ✦ ✦ ✦

# CHAPT. 1 ✦ 那天晚上，路易斯發生了什麼事？

「……？你有在聽嗎？團長？——團長！」

恍惚之中聽見有人在呼喚自己，路易斯猛然抬起了頭。已經叫了好多聲的副團長薩布里娜正眼神不善地盯著他瞧。

「喔，抱歉，剛才沒聽見。」

聽他坦率地道了歉，薩布里娜將手中的文件放在了桌上，然後用銳利無比的視線上下掃射著倚靠在辦公桌前的路易斯。儘管知道她不可能直接看出什麼端倪，那道彷彿能穿透一切的目光，讓路易斯的下腹莫名地抽痛了起來。

「團長，您身體有哪裡不舒服嗎？」

「沒有啊。」

見路易斯不假思索地立刻答覆，薩布里娜的眼睛瞇成了一條線。

「但是感覺像是生病了啊？前天您昏倒的事，真的沒有大礙嗎？」

面對她尖銳的問題，路易斯只能哈哈地苦笑了一下。

前天，路易斯正在為團員們示範近身搏擊的招式，當他反扭了一同出來演示的吉利安的胳膊，下一刻卻忽然天旋地轉地暈了過去。

怎麼會突然昏倒呢？要論身體的強健度，路易斯擁有不輸給任何人的自信，但是那天卻突然眼前發黑，待他清醒時，人已經在醫務室裡了。老實說，路易斯自己也被嚇了一跳。

「就只是輕微的貧血罷了。」

「怎麼會突然貧血呢？您是都沒吃東西嗎？」

「大概是吧，最近不是比較忙嘛。」

確實如此，路易斯所管轄的區域最近發生了連環殺人案件。在最近的四個月內，已經有四名被害者遭到殺害，就在昨天，又發現了一具新的屍體。兇手是個心思縝密而敏銳的傢伙。都已經出現了五具屍體，他依然無法縮小嫌疑犯的範圍。

現在全國都在嘲笑著路易斯的無能。原本腸胃就不太舒服了，再加上公事繁忙，吃飯這檔事想當然爾被拋在了腦後。路易斯默默地點著頭，暗自反省自己的確是沒有好好進食。薩布里娜見狀，擰起了眉頭。

「昨天跟今天有吃點什麼嗎？」

「嗯，利奧剛才有幫我買了三明治。」

「什麼？就只有這樣？那個三明治你不是吃不到一半就扔了嗎？」

# Chapter.1 ✦ ✦ ✦

不是一半，是連一口都沒吃就丟掉了。雖然路易斯搪塞著說：「沒那麼誇張，我吃了很多了。」事實上，路易斯一聞到三明治裡面挾著的培根味道就覺得反胃想吐，根本無法將其下嚥。

「您就只吃了那一點點還說很多，怎樣？是打算參加什麼選美比賽？」

薩布里娜的語氣很是刺耳。

肚子裡的孩子可能是個素食主義者吧，路易斯已經兩個月沒有碰過任何肉類了。尤其豬肉更是十足的地雷，一碗粥裡哪怕只放了一丁點的豬肉末，都能讓路易斯胃液瘋狂翻攪。

「是因為這幾天沒什麼胃口啦。」

他辯解似的說道。

薩布里娜聽了，立刻壓低嗓音嚴肅地喚了一聲「團長，」路易斯不自覺地挺起身子，擺正了姿勢聽她說話。

「就算您覺得我嘮叨那也沒辦法，但是身為一名騎士，照顧好自己的身體是最基本的要求。用沒胃口這樣的藉口一直餓著肚子，最後還把自己搞到昏厥，這是很令人失望的作為。」

副團長薩布里娜說的話總是沒錯。雖然她是路易斯的部下，但是不管是工作或在私生活方面，她面面俱到，每件事都處理得很完美，是個令人尊敬的女性。路易斯微微點著頭。

「如果您身體不適，還不如早退回去休息，別一臉恍神地坐在這裡讓人重複說著同樣的話。團長就算一直坐在這裡，兇手也不會自投羅網的——您很久沒回家了是吧？」

路易斯上個星期初回去過一次，如今已有十多天沒回家了。若不是管家霍爾頓兩天一次地為他送來換洗的襯衫和內衣褲，他現在已經髒得跟乞丐沒兩樣了。

「大家都這麼辛苦，不能就我自己一個回家休息啊。」

「沒有人像團長這樣都不回家的。我前天也回去了一趟，利奧那傢伙昨天還說要趕去約會，下班時間一到他就溜了。」薩布里娜很氣憤似的，「老天爺，最近這種非常時期，他竟然還準點下班！」

路易斯苦笑了起來。

「他是書記官嘛，我們沒有確實地完成工作，所以他也沒有報告需要上繳。既然他無事可做，沒必要還抓著他不讓他走啊。」

「他怎麼會無事可做？應該要把我們無法執行公務的理由給呈報上去，人手不足的部分也要申請支援，該做的事簡直堆積如山。要是那傢伙有好好完成這些工作，我們還會忙到連家都回不得嗎？」

「那個……不應該怪利奧的，是我沒有好好完成我的工作。」

聽到路易斯這番話，薩布里娜的臉陰沉地皺了起來。

路易斯所負責的第二警備團，轄區是在五號街到七號街之間，正巧掌管著首都最為富裕的區域和貧民村相連著的那個區塊。

# Chapter.1 ✦ ✦ ✦

人們似乎都認為路易斯受到了不分男女老少、所有人的喜愛，然而事實並非全然如此。他在老一輩的以及女性族群當中確實特別受到歡迎，但同輩的男性們對於他的評價卻是頗為兩極，警備團裡和他關係不融洽的人更是不少。尤其是負責管轄二號街至四號街、包含皇宮附近區域的第一警備團，他們和路易斯的關係可以說是水火不容。

這次連環殺人案件之所以像嚴重堵塞的下水道一般毫無進展，九十九．九％的機率是出於這個原因。兇手可能不是住在路易斯所屬的轄區——肯定不是，如果是在路易斯管轄的區域內犯下罪行的話，不至於連個線索都沒有。因此，路易斯和薩布里娜判斷兇手應該是居住在第一警備團轄區之內的傢伙。

就算再怎麼滴水不漏，任何犯罪一定都會留下蛛絲馬跡。最近由這名變態色情狂所犯下的五起連環殺人罪行，第一起案件發生在四個月前。

住在七號街上的娼妓賽琳娜．伯爾頓在下班回家的路上遭到綁架，過了二十五個小時後的早上七點，被人發現她赤裸著身體，手腳被捆綁了起來，棄屍在垃圾場裡。

屍體的狀態慘不忍睹，像是承受了一整天的性侵和反覆地嚴刑拷打。她的臉被砸得面目全非，連親生母親都認不出來，手指甲和腳趾甲也被拔得一個也不留。本以為是熟人所為，就此展開了調查，然而她的前男友因為有明確的不在場證明，被排除在嫌疑人名單之外，案情於是陷入膠著。

第二起案件發生在一個月之後，被害者是在酒館當廚師的阿爾伯特．泰勒。他也是在下班回家的路上被人綁架，過了四天，他的屍體在五號街一家偏遠的雜貨店後頭的垃圾堆裡被人發現。同樣是手腳被捆綁的裸身狀態，身上遍佈著更為細膩的酷刑痕跡。當時他們在周圍進行搜查的時候，曾經考慮到了連環殺人的可能性。

接下來的第三起發生在兩個月前，而第四起和第五起則是在本月發生的。

受害者之間幾乎沒有什麼關聯性。起初還以為是針對年輕女性的犯案，但是第二起的被害者是名青年，第三起又是女性被害者。至於第四起以及昨天發現的屍體，都是年輕的男性受害。目前唯一的共通點就是，被害者都有著黑短髮和白皮膚的外型特徵，除此之外，並沒有什麼特別需要琢磨之處。

雖然兇手都是選在深夜犯案，但是地點場所並不固定。在眾多調查困難的條件當中，第一具屍體算得上是唯一的線索。也許是因為第一起案件並不是蓄意謀殺而是臨時起意的緣故，屍體上各處留下的痕跡看得出兇手的手法粗糙又生疏。尤其兇手捆縛屍體手腳的布料頗為特殊，使用的是非常高級的紅色貢緞。雖然要入手不算困難，但是既然能夠拿這般高檔的材質來捆綁屍體，代表兇手家境可能極為寬裕。

彷彿他自己也察覺到了這一點破綻，除了第一具屍體以外的其他遺體，後來都是用廉價的繩索來捆綁的——這點正是說明了，第一起案件的紅色貢緞是兇手犯下的一個失誤。

此外，兇手可以神不知鬼不覺地將屍體運送至遠處這一點，也是值得留意的部分。就算是在完全漆黑的凌晨，將屍體裝在布袋裡搬運的大動作，不可能完全不被人目擊。這代表兇手擁有一台馬車，或是有共犯在一旁協助，才有辦法不引人注目地將屍體拋棄在遠處。假設兇手是個富人或貴族，那麼很輕易地就可以同時達到這兩項條件。以此推斷，這名犯人住在富人區，也就是第一警備團所管轄的皇宮周邊區域的機率是相當高的。

路易斯曾數度向第一警備團發出協助辦案的公文，但不知道公文是被拋進垃圾桶裡了，還是被山羊給吃了，至今毫無下文。路易斯甚至開始期望對方能給他一個拒絕的答覆也好，然而至今四個月過去了，發出的公文依舊是石沉大海。

「不管我們怎麼等，他們就是不肯答覆，所以這不是團長無能，都是因為那個瘋子討厭團長的緣故啊！」

路易斯臉色驟然一變，緊張地挺起身子，「薩布里娜，妳講話小心一點。」

薩布里娜仍是不滿地嘀咕著，一副她又沒說錯話的態度。

路易斯大步地走至門口，將半掩的門給關上後才向她告誡：「污衊皇室的罪可是死刑啊，妳先做好覺悟再說吧。」

「我說的都是事實，怎麼會是污衊呢？那個人，根本就是精神不正常。」

「薩布里娜！」

路易斯再一次嚴厲地喝斥，薩布里娜這才舉手作投降狀，不情願地答道：

「好，我知道了。」

她整理了一下桌上擺放的文件，將其推至一旁，開口道：

「現在到處都在傳，凡是以團長名義送去的信函，對方甚至連拆都不拆，看也不看地就直接銷毀。利奧至少也得扔個文件炸彈過去才行得通，不然還能怎麼辦？」

「原來有那種傳聞？」

路易斯敷衍地回應，薩布里娜用心寒的眼神回望著他。

「整整四個月杳無音信不被理睬，怎麼可能就只有這點傳聞。」

第二警備團三天兩頭不斷地發出要求協助的公文，對方卻一直沒有回音。這種單戀式的追求……不，簡直如跟蹤狂式的戀慕，自然是鬧得舉國上下人盡皆知。

「我待會親自去問看看吧。」

「那位公務繁忙的人會願意見您嗎？」

「在那裡等上一整天的話，他總會來的吧？」

「算了吧，到時候您蹲在辦公室前的模樣又要上報紙了。」

薩布里娜用痛心疾首的語氣說道。

上個星期初，在某份貴婦名媛當中很有人氣的社交小報上，曾大篇幅地刊登了路易斯從早到晚守候在對方辦公室，最終還是沒見到面，落魄地轉身離去的花邊消息。薩布里娜對於報導當中「路易斯．艾力克斯在辦公室門口像隻淋雨的雞一樣地打著瞌睡」這句悽慘的形容，真心地感到怒不可抑。

「我這兩週每天都繞去確認了，那個傢伙根本不在那裡！他不會去辦公室的，而且是永遠都不會出現的感覺。據說他一年裡去辦公室上班的日子還不到四天呢。」

薩布里娜氣憤地表示，那傢伙大概是忙著搞女人忙到沒空下床了。

「副團長，您冷靜點，老是這麼愛生氣，難怪會一直找不到對象。」

書記官利奧不知何時進來的，突然加入了他們的對話。

利奧昨天一下班就溜走，今天還接著遲到，薩布里娜眼神凶狠地瞪著他。

「您在辦公室門口是等不到他的，去舞會上找他吧，團長。」利奧忽略一旁薩布里娜可怕的眼神，儘管又是早早開溜又是遲到，他還是可以厚著臉皮露出微笑：

「您不覺得這是個不錯的主意嗎？」

「今天有派對嗎？」

「是的，皇宮的秋日化裝舞會。別人的話還說不準，但我認為今晚那一位一定會出席參加，畢竟這種場合他可是從不缺席的。再加上這是皇宮所主辦的活動。」

聽了利奧的話，路易斯同意地點頭。確實，偶爾路易斯應瓊妮的要求一同參加派對時，總是會遇上身旁圍繞著一群女士的他。

「我有收到邀請函嗎？」

「當然有收到，您不知道嗎？要是沒邀請團長的話，哪能稱得上是個派對呢。」

利奧快步地走到辦公桌前，打開桌子旁邊的大箱子說道。

箱子裡面裝滿了路易斯從未拆過的各式派對邀請函。

「就是這個。」

利奧舉起了放置於上方最閃亮的一個金色信封，上面蓋著紅色的戳印，一定是皇室的請柬。

「太好了，這樣正好，您今天回去吃點東西，換件衣服，然後就去參加舞會吧。」

原先對利奧翻著白眼的薩布里娜也認為這是個好主意，很快地表示贊成。

「不管事情辦得順不順利，總之回去好好地休息，明天晚點再來上班吧。」

聽她的口吻，像是覺得事情不會那麼順利地進行，路易斯自己也不抱太大的期望，若是能和那個人說上話就已經很不錯了。

「那麼今天請替我加強巡邏，雖然昨天才剛發生案件，應該是不會有太大問題，但越是這種時候就更要……」

「好的，我知道了，拜託您快回去吧！」

薩布里娜打斷他嘮叨的叮囑，將他推出了辦公室。

「——別只顧著盯著那傢伙看，有漂亮的小姐就和她跳跳舞談個戀愛，讓您的頭腦能夠冷靜一些。」

路易斯糊里糊塗地就被推出了辦公室，在他背後的薩布里娜如此說道。

路易斯回頭一看，利奧還探出頭對他說了聲加油，做了一個握拳的手勢。

「……」

他只能露出苦笑。

♦ ♦ ♦

久違地回到家，妹妹瓊妮宛如等待著主人歸來的小狗似的，歡欣地跑出來迎接。路易斯將她一把擁入懷中，被抱在胸前的瓊妮語氣不悅地說道：

「天哪，感覺就像被一名陌生男子給環抱在胸前，這都隔了多久了！」

雖然瓊妮的話意有所指，路易斯仍是微笑著輕撫她的頭髮。儘管妹妹已經長成一名小淑女了，在路易斯的眼裡，她永遠像隻白色小狗狗一樣地可愛。

「過得還好嗎？瓊妮。」

「不好，哥哥不在家，所以我過得一點都不好。一整個月都和那個無賴一起參加舞會，簡直是每天都被他折磨。這是多麼羞恥的事啊，還不如我自己一個人去更好呢！」

那個被她稱為無賴的，是她的二哥克里斯艾力克斯。雖然是個游手好閒之徒，但是人並不壞，因為和瓊妮僅相差一歲，兩人在一起時總是爭吵不休。

「克里斯呢？他出門了嗎？」

「是的，說要參加一個研討會，一大早就出門了。」

「今天不是禮拜四嗎？」

學者們的研討會一般都是在週末舉行的，路易斯提出質疑，管家霍爾頓也只是聳了聳肩膀。看來是出去喝酒了。果不其然地，瓊妮在一旁娜嘟囔著：

「把那個無賴放在酒瓶裡密封起來的話，他一定會幸福到不行吧。」

對於克里斯格調的缺乏，小臉上滿是煩躁。

「我聽說今天皇宮裡要舉辦化裝舞會。」

路易斯一開口，她皺著眉頭的臉頓時笑逐顏開。

「天啊，您是要帶我去參加皇宮的化裝舞會嗎？」

「只要妳同意的話。」

當路易斯提出請求要護送她前往，「老天爺！」她發出驚呼，還不忘用兩手捂起嘴巴。那雙眼驚訝地睜得圓滾滾的模樣，十足討人喜愛。

Chapter.1 ✦ ✦ ✦

「如果又要我的話，我可是不會原諒您的喔！就算是突然發生了什麼大事也不行！」

曾經因為工作放過她幾次鴿子的路易斯向她承諾道：

「這次絕對不會了。」

只要連環殺人犯破案的完美線索沒有突然從天而降，那麼路易斯註定是得前往皇宮一趟才行。

聽見路易斯的承諾，瓊妮雀躍不已，隨即呼喚她的保母麗莎。

「麗莎！麗莎！」

「找麗莎做什麼？」

聽到她的呼喚聲，麗莎從裡面跑了出來。一直站在一旁的霍爾頓向後退開一步，為她讓出了位置。

「得趕緊準備才能去參加派對啊！我得挑一件禮服，還要梳整我的髮型……！哎，如果有提前告訴我，那我還可以去訂做一件新衣服的。這可是皇宮舉辦的派對，全國有頭有臉的貴夫人和女士們肯定都會盛裝打扮出席的，要是就我一個看起來很寒酸的話該怎麼辦呢？」

瓊妮泫然欲泣地埋怨道。對於今晚這場不在計畫之中的派對，她興奮期待的同時又一臉擔憂。

「怎麼會寒酸呢，妳不管穿什麼都很美啊。對了，上次穿的那件藍色禮服就很漂亮。」

路易斯為了安慰妹妹，提起了四個月前她參加舞會時的裝扮，結果引起了麗莎暴風般的叨叨絮絮。

「您別胡說了，當時的款式早就退了流行，況且怎麼能穿著春季訂製的禮服去參加迎秋舞會呢！您是想讓我們小姐成為大家的笑柄嗎？到時候，八卦小報上立刻就會出現很多關於小姐是如何的衣衫襤褸，以及擔憂著艾力克斯伯爵財務情況的文章，這是萬萬不可的！」

麗莎一刻不停歇地說著，隨後故意要讓人聽見似的長長地嘆了一口氣。

「少爺，您願意帶小姐去皇宮派對真的是非常的體貼，只不過，希望您下次至少要提前一個月告知我們才行。」

一個月前就要通知？那不是連邀請函都還沒收到嗎？然而麗莎才不管這些，她打量起瓊妮的衣著。

「我們把原先準備下週要穿去安德烈花園派對的那件假縫好的白色禮服，稍微修改一下應該就會不錯。把紅寶石腰帶移至腰後，讓它長長地垂落而下，這樣看起來絕對不顯寒酸，會非常的高尚優雅。頭髮呢，還是挽起來比較好。既然禮服是白色的，那麼面具也戴白色系的，不過我會選擇在耳際有裝飾的款式，才能突顯出小姐美麗的下巴和鼻樑的線條。」

麗莎一邊環視著瓊妮的全身一邊說道，而路易斯只能用傻楞楞的表情望著她們倆。

「每個人想必都會打扮得非常華麗，我穿白色的禮服沒關係嗎？哎，真的是太期待了！但是萬一我成了整晚站在一旁的壁花，那該怎麼辦才好？」

「我們小姐這麼地美麗，是不可能成為壁花的。屆時想和您跳舞的男士必須排著隊伍，恐怕連申請表都不夠他們寫呢。我會派約爾迪到店裡去看看，有沒有新出什麼樣式不錯的髮飾好給您配戴。」

「和路易斯哥哥一同前往舞會的話，大家到時候都會一直注意我，我可絕對不能出糗啊。」

她焦慮地咬起了指甲來。麗莎看了連忙制止，安撫地說道：

「我們的時間確實不多，但是小姐如果願意和我一起全力以赴，一定不會有問題的。總之我們先來試穿禮服，快來吧！」

「……那個，距離出發還有六個多小時的時間呢。」

現在還是正午時分，派對則要等到日落之後才會開始，時間還充裕得很。路易斯小心翼翼地對著急奔上樓的兩人提醒著，然而她們根本置若罔聞。管家霍爾頓攔住他的手臂，對他搖了搖頭。

「她們現在是什麼也聽不進去的，就隨她們去吧。」

跟在麗莎身後，朝著更衣室方向而去的瓊妮，臉上寫滿著擔憂之意。見到總是惹人憐愛、樂天開朗的妹妹一時之間黯然失色的臉龐，路易斯不由得跟著擔心了起來。

「我是不是不該帶她去舞會的？」

「您如果現在才來反悔，那麼未來三個月，您將會聽不到小姐和您說話的聲音。——除了我討厭哥哥、您是大騙子，這些話以外。」

路易斯被霍爾頓的話給逗得笑了出來。雖然鬧彆扭的瓊妮也十分可愛，但路易斯當然還是不想讓她失望。

「早知道我就替她買點什麼回來也好，不曉得她會這麼的苦惱。」

畢竟瓊妮有著上百件的禮服，路易斯萬萬沒想到她會如此憂心。

「小姐其實並沒有缺少什麼，因為是和少爺一同出席的場合，所以才令她更加在意罷了。」

「嗯。」

路易斯並不愚鈍，他知道管家的話是什麼意思。他確實是在社交場合上眾所矚目的類型，除了皇室成員以外，再來大概就屬他最為引人注目了。也因為如此，路易斯所護送的女人，自然就成了眾人羨慕與忌妒的對象。路易斯懶得造成不必要的麻煩，除了那些非參加不可的場合之外，他平時鮮少出席這類派對。

「您別嫌麻煩，以後多帶著小姐出門吧，這樣少爺您也可以趁機去談個戀愛。」

戀愛？路易斯蹙起了眉頭，不發一語。霍爾頓見了他的表情，頓時眨了幾下眼睛。

「怎麼啦？難道您已經有正在交往的小姐了？」

突然被戳中心事似的，路易斯連忙擺手否認。

「沒有、不、不是那樣的。」

「這麼說來，您上一次參加派對，是在四個月前吧？」

四個月前。霍爾頓的話讓路易斯回想起那天晚上的事情，他的表情變得有些僵硬。霍爾頓的眼珠子左右游移著觀察他的神情，隨後瞇著彎了起來。

「那次您直到隔天早上才回來。」

「不是你想的那樣！」

路易斯不自覺地板起臉來反駁道。

「您可以不用隱瞞的，我這個老人也不是要催您馬上結婚，就只是談談戀愛，沒什麼不好呀？只要沒有闖出什麼大禍，哪一家的小姐都……」

「我都說了不是的！」

既不耐煩又摻雜怒氣的一句話堵住了霍爾頓的嘴巴。面對著幾乎從不生氣的路易斯突如其來的情緒波動，霍爾頓也不免露出了倉皇的神色。

「不──總之不是那樣子的。抱歉對您發了脾氣，這幾天我因為工作忙碌有些疲憊，所以變得比較神經質了……」

霍爾頓聽見路易斯對他道歉，趕緊搖了搖頭。

「不，是我該向您道歉，您難得回家一趟，想必是要好好放鬆休息的，是我思慮欠周了。

您用過午飯了嗎？」

「我不餓，想先休息一下。」

「那您先洗個澡，我會為您準備一些方便入口的食物。」

路易斯本想拒絕，後來輕嘆了一聲。

「那幫我把肉類去掉吧，我的腸胃不太舒服。」

霍爾頓雖然感到有些不解，但還是點點頭，隨後轉身離去。

前往浴室的途中，僕人們許久不見路易斯，都開心地和他打著招呼。路易斯向他們一一點頭，慢悠悠地晃進了浴室，侍從漢森恰好正在裡面為他加熱洗澡水。

「謝謝你，漢森。」

「有什麼需要的請再叫我。」

漢森為路易斯脫下外衣後離開浴室。路易斯自己在裡面呆站了片刻，然後才慢吞吞地脫下了內褲。

「……」

全身衣物褪盡，浴室入口的大鏡子裡，映照出了他比平時更為消瘦的身形。雖然健康無虞，但是身體真的瘦了好多。仔細想想，的確有好一段時間沒有好好進食了。原本就忙得暈頭轉向顧不上吃飯，再加上至少蔬食或麵包類的食物還能正常下嚥，所以自己也沒有多想……

Chapter.1 ✦ ✦ ✦

「……」

誰知道這竟是害喜的症狀！

路易斯一臉茫然地低頭看著自己的小腹。好像有那麼一點點凸起，又好像沒有。不知情的人見了，頂多會認為他的肚子腹肌線條還不錯。

除了反胃以外，沒有其他任何的症狀，即便是看著那張「妊娠」的診斷書，他還是覺得難以置信。多希望這是某個人開的玩笑，然而，彼得又不是那種會亂開玩笑的瘋子。真沒想到彼得那傢伙不是個瘋子的事實，會讓人如此的沮喪。

路易斯走進了浴缸，把自己泡在熱水裡，不停地用雙手一遍又一遍摩挲著那僵硬了許久的面頰。他將下巴靠在浴缸的邊緣，吁出了長長的一口氣。

很希望自己是坦蕩蕩、問心無愧的，但是現在顯然有件令人掛心的疑慮。

「真是要瘋了。」

◆ ◆ ◆

四個月前初夏的那一天，同樣也是個化裝舞會的夜晚。原以為已經將它拋在腦後了，沒想到會又重新憶起當時的情況。路易斯閉上眼睛，試圖抹去腦海中浮現的回憶。

「哥哥，快一點！」

在門外的催促聲之下，霍爾頓替路易斯繫著絲巾的動作加快了起來。他在飄逸的絲巾末端扣上了一顆紅寶石扣環，然後退後了幾步看著路易斯，銳利的目光仔細地上下確認著每一個部分，隨後咧開了嘴，露出一個欣慰的笑容。

「真是相當不錯啊，就是瘦了一些。您若能時常這樣盛裝打扮多好。」

霍爾頓向他遞出一頂天鵝絨假面時這麼說道。

「……」

「怎麼了？您不喜歡這副面具嗎？」

「……沒有，我只是想起來，上次戴的好像也是同一副。」

那是一副有著灰色花紋裝飾的黑色面具，款式簡潔俐落。

「不是故意要捉弄人的話，還是配戴同一副面具會比較好。畢竟沒有必要去隱藏您既有的優勢。」

自古以來，化裝舞會就是個擴展交際圈、結交新朋友的場合。無論是相貌上有稍嫌不足，還是初來乍到的新人，都得以在面具之下展現出自己別樣的魅力。當然也可以藉著面具遮掩的機會，做出一些平時無法做到的挑釁行為。

路易斯．艾力克斯，以一個光是名字就足夠讓人欽羨的立場來看，正如霍爾頓所說的，若不是要故意偽裝欺騙他人，變裝對於路易斯來說並沒有任何好處。

「嗯。」

路易斯小聲的嘆息著，摘下了那副面具。

「您有什麼煩惱的事嗎？」

「……沒什麼，只是因為還沒抓到兇手……」

「哦，原來是因為工作的事情。」

霍爾頓點著頭，表示自己知道那個殺人魔的事情，路易斯也無奈地點了點頭。事實上，自從收到了彼得的診斷書之後，路易斯這兩天滿腦子想的都是懷孕的事情，偏偏這件事又不能給別人知道。

走出大門，瓊妮像是從一早等到了現在似的，站在那裡直跺腳。當路易斯對上了瓊妮的視線，她緊抿嘴唇，一臉緊張。彷彿路易斯要是沒有給出讚賞的評價，她隨時會癱坐在地上哭泣似的。

「哇，天啊，霍爾頓，你可知道我妹妹是如此的漂亮？」路易斯向緊跟在後的霍爾頓問道。

「這是當然，世界上最美的就是小姐了。今天的模樣實在是耀眼動人。」霍爾頓幫腔附和著。

「我打扮這樣會不會奇怪？真的漂亮嗎？」

「真的很漂亮，今天的化裝舞會裡最美的一定就是妳了。」

雖然不久前還在抱怨著自己沒有首飾也沒有禮服可穿，但在六個小時後，瓊妮以一身完美的姿態站在眾人眼前。一襲強調了胸脯的白色禮服，腰際懸掛著一串紅色寶石，波浪般的捲髮被神奇地挽成髮髻，並以潔白的羽毛作為裝飾，她美得宛如天神之女。儘管稱讚她是舞會裡最美的女人是有那麼一點誇大，她清秀美麗的姿態確實是不亞於任何人。毫無疑問，她將會是今晚最惹眼的目光焦點之一。

「就算知道是謊話，聽了還是很令人開心呢。」

路易斯朝著雙頰微紅的瓊妮走近，微微彎身鞠躬，伸出了手來。她將自己白皙的手指輕輕地放了上去，路易斯便牽她上了馬車。

「路上小心，祝兩位度過一個愉快的夜晚。」

霍爾頓和麗莎在門口和藹地為兩人送行。車門關起，伴隨著馬兒發出的嘶鳴聲，馬車向前駛了出去。

路易斯對面的瓊妮生怕裙襬會產生摺痕似的，身子坐得直挺挺地：

「真的好興奮啊！已經時隔四個月了是吧？」

「……就是說啊，時間過得真是快。」

路易斯略帶苦澀地回答。

瓊妮一聽，眼睛圓圓地瞪著他。

「哥哥那天是早上才回家的吧？」

語氣聽起來像是她已經想問很久了。年輕人夜不歸宿雖然不是什麼了不起的大事，但是她那個老實規矩的大哥，竟然會在派對結束後直到早上才回來，實在是太稀奇了，令她忍不住想探究那一晚的真相。縱使都已經是四個月前的事了。

「是那一家的小姐呢？」

「……瓊妮。」

路易斯用低沉的嗓音警告著。沒想到瓊妮立刻雙手握起，做出一個祈禱的手勢，臉上充滿了渴求之意。

「我不會告訴任何人的，真的！真的真的！我絕對不會說出去的，請相信我吧！」

瓊妮不斷強調著她會保守祕密，一心想打聽出真相來。那烏溜溜的眼眸閃亮著光芒，要是告訴她名字的字首，別說是保密了，大概在抵達舞會會場的那個當下，連路過的野狗也都會知道是誰了。

路易斯長嘆一口氣。

「我向天神發誓，那一晚我並沒有和任何小姐過夜。」

「……你說的真的是實話？」

「嗯。」

守護著帝國的天神以性格古怪著稱（雖然不是對所有人來說都是如此），興致一來，便對說謊話的人亂下詛咒。因為不曉得會被降下何等拙劣荒唐的詛咒，願意拿天神來起誓的人是少之又少的。

「怎麼可能呢，你騙我的吧？是真的嗎？」

儘管瓊妮重複詢問了好幾次，這的確是百分之百沒有摻假的事實。因為路易斯那天並沒有和任何「女人」一起過夜。

四個月前的那個早晨。

路易斯緩緩張開眼，一股倏然來襲的疼痛讓他皺緊了眉頭。在他意識到自己身處何方、搞懂眼下是什麼情況之前，強烈的宿醉感席捲而來，他感覺頭痛欲裂，胃部在扭絞。緊接著，路易斯才發現自己全身像是被毆打過一般的劇痛。腰部、肩膀、手臂、手腕、甚至是肚子裡，沒有一處不在發疼。

「啊呃……」

渾身的痛楚比起地獄訓練的隔天還要劇烈。路易斯像一隻生病的小狗那樣呻吟著，好不容易坐起身子，這才看見了自己身處的陌生環境。既不是熟悉的自家宅邸寢室，亦不是他經常待著的昏暗值班室。

「……」

俗氣的壁紙、隨意粉刷的牆面、微弱的燈光——看來這是間廉價的旅館房。在不到幾坪的小房間裡，只有一個狹窄的淋浴間和一張床，通常是專門來開房的那種地方。

路易斯無聲地開合著嘴巴，一臉呆滯地低頭望向自己的身體，一時之間沒了呼吸。別說沒被子蓋，他連件內褲都沒穿，正渾身赤裸著。回想起來，似乎在睡夢當中一度覺得寒冷不已。

「……」

不知道整晚遭遇了什麼事情，伶仃的性器萎靡不振地垂在路易斯的面前。周遭盡是不知是唾液還是精液的黏液，乾涸後變成粗糙的質地，還帶著些微的血跡，雖然有被擦拭過的痕跡。不管路易斯怎麼看，這一切很明顯的全都是性愛過後留下的痕跡，自己八成是發生了性行為。

「……」

床上已經空無一人，桌子上的檯燈前留有一張小字條。和路易斯一同度過漫漫長夜的對象似乎已在黎明時分離開了這裡。路易斯抬起手，沒有去拿那張小字條，而是扶著自己的額頭。

老天爺啊。

昨晚發生了什麼事情、究竟是和誰、怎麼來到這個地方的，他竟是一點也想不起來。

在化裝舞會上的事情依然還有印象。皇宮舉辦了一場初夏的化裝舞會，迫於瓊妮和霍爾頓的威脅利誘，路易斯久違地擱下了工作一同出席。

學院時的同學萊克特因為未婚妻蘇珊娜出軌拋棄了他而難過不已。幾個同學聚集在噴泉後頭安慰著他，萊克特在不得不配戴的面具底下痛哭流涕著。

由於路易斯一直和那群男人待在一起，眾多女性們都開始嘀咕抱怨了起來。瓊妮回頭看著那群醉酒的男士們，嘆了口氣，對路易斯說了一句：

「哥哥也是幫不上忙的。」

她說完便先上了馬車返家。

自此之後的事情，路易斯真的想不太起來了。化裝舞會的現場開始變得冷清，路易斯依稀有自己換了個位置繼續喝酒的印象，但是記憶太過模糊以至於無法確定。是露台嗎？為什麼會到露台去呢？是和誰一起喝的酒？對方有戴著面具嗎？

簡直像是有人刻意抹去了那段記憶似的，路易斯完全無法回想起當時的對象是誰。自己怎麼會在這樣的地方醒來、是誰把自己給帶來這裡的，又或者是自己帶了誰過來，路易斯拚命地回溯著記憶，卻怎麼想也想不出來。

相反地，他腦中卻浮現出了一些別的東西。

『乖，腿再張更開一點，路易斯。』

他不記得自己是否有因為這個低沉濕熱的聲音而張開雙腿。

『痛嗎？不會的，全都進去了，你摸摸看……該死，我都不知道你原來這麼淫蕩，你看你把我完全吃進去了，還一直咬著我不放——像個經驗豐富的妓女一樣。』

路易斯只能不斷喘息，根本就抬不起頭來，男人抓著他的手去觸摸兩人連接著的地方。路易斯摸到了一個大得不可思議的物體止進入到自己的體內，儘管當下腦袋一片昏沉，他還是立刻嚇得抽回了手。

男人吻上他的後頸，彷彿心情很是愉悅地發出低笑。進入身體的那個東西在裡面輕輕蹭著，然後接下來的事情就想不起來了。雖然大部分的記憶都晦暗不明，但唯一可以肯定的是，昨晚和他發生親密關係的對象不是個女人。

天色濛濛亮起，白色的日光透過窗戶的縫隙射了進來，那個東西彷彿還在體內的異物感十分明顯。雖然不太記得了，但是感覺他們彷彿一直做到他睜開眼的前一刻才停下。

「……」

路易斯揉了揉他發紅的後頸，咬住了下唇。他想不起那個人的長相或名字，唯獨想起了那個陌生的肉棒在體內不停攪和、進進出出操弄時的感受、對方嘴唇吮吸著頸背時的觸感，還有自己的性器在對方的腹肌上不停摩擦折騰著，直到最後終於射了出來——。

『和我聯絡。』

沉浸在羞愧感當中的路易斯呆坐了老半天，他發出一聲嘆息，隨後看向那張桌上的字條。

「……」

儘管他只寫了短短幾個字，可能是心理作用吧，路易斯莫名地覺得對方的語氣有些霸道。雖然不知道他是哪位，感覺是個慣於發號施令的傢伙，給共度春宵的對象僅留下一句「和我聯絡」的指令。他並不是期盼能收到一封厲害的情書，但是比起這張命令式字條，倒不如什麼話都別留還比較正常一些。手寫的字跡看起來確實相當地流暢，但是太過簡短草率的關係，看不出什麼明顯的筆跡特徵。若是字跡非常特殊，或是有簽上名字的縮寫，或許還能以此猜測出對方是誰。單就這四個字的話，實在是很難推敲出對方的身分來。

路易斯盯著那張字條看了許久，忽然一把將它揉捏成團，像顆球似的咚地丟進了垃圾桶裡。

就算知道了是誰又如何呢？反正也不會再見面了。

這不過是個陰錯陽差的一夜意外。啊，與其說是意外，稱為事故還更為貼切。身體上隨處可見的青紫和紅色的淤痕，腰部以下整個發麻，彷彿已經失去了知覺。即使路易斯去攀登帝國最為險峻的巴福洛山脈時都不至於痛到這種程度。

路易斯強忍著痛吟聲爬了起來，打算在天完全亮起之前離開這裡。

「——呃！」

他剛站起身，突然有什麼東西從體內一股腦地流了出來，滑落在雙腿之間。那股悚然的感覺讓他的嘴角不自覺地扭曲。生平第一次體驗到的同性性事簡直就是混亂加上驚恐。很想衝進浴室把全身給洗個乾淨的路易斯，卻只是拿了面紙大概擦拭了一下，便撿起和被子一起掉落在地的衣服逐一穿上。

幸好是在完全天亮之前就醒了過來。如果起得晚了，離開時被誰目擊到的話，準會被嚼上一個月的舌根。路易斯像逃亡似的離開了旅館回到家裡。

那已經是四個月前的事了，路易斯先前已經完全忘記這回事。而且連環殺人案的第一個被害者賽琳娜的屍體就在翌日被發現，路易斯根本沒有空閒去回想那一晚的事情。洗澡的時候雖然有被身上的點點斑痕給嚇到，但是那些痕跡過沒幾週就全部消失了。

這還是路易斯第一次醉酒到斷片的地步，也是第一次和一個想不起來是誰的對象發生關係，尤其對方是個男性的事實更是令路易斯感到衝擊。但路易斯也認為這只是一場不需要去特別回想的意外。

「哥哥？」

聽見叫喚聲，路易斯抬起了頭。從窗簾後面向外看著的瓊妮回頭向他問道：

「您在想什麼想得那麼入神？我們已經到皇宮了。」

「……」

如果當時有把在身體裡流淌的精液清洗乾淨，是不是就不會發生這種事情了？儘管知道現在後悔也只是徒勞，路易斯還是忍不住地這麼想著。

「快戴上面具吧。雖然還不到令我想念那個無賴的程度，但是哥哥今天的表現也挺沒誠意的。」

拿著白色假面的瓊妮不滿地抱怨著。她後背貼靠在馬車內部，一直挺直了腰脊坐著。待皇宮的侍從打開車門，她已經準備好要在路易斯的護送下優雅地入場了。路易斯急忙將面具戴上，就聽見了叩叩的敲門聲，車門也同時開啟。

「謝謝。」

路易斯習慣性地道謝，替他開門的侍從微笑著向他鞠躬行禮。下了馬車，路易斯環顧著四周，裝扮華麗的人們正踏著紅毯魚貫地走入皇宮。

「……」

彼得說得沒錯，四個月前共度了那一晚、那名讓路易斯懷孕的男人，身上一定是流著純正的皇室血脈。三皇子、賽里昂公爵、阿拉爾侯爵，除了彼得提到的這三個男人以外，皇太子，還有身處邊境地區的二皇子等人應該也都有嫌疑。甚至是某個無人知曉的皇室私生子也不無可能。長嘆了一口氣的路易斯，朝著等得不耐煩、臉已經快笑僵的瓊妮伸出了手。她下車的同時，臉上帶著屬於自己最美的一個微笑。

「您肚子痛嗎？」

瓊妮在路易斯耳邊悄聲問道。

被瓊妮這麼一問，路易斯才發現自己的手不自覺地放在了小腹上，他皺著眉苦笑了一下。或許是有點緊張的緣故，肚子的某處在隱隱抽痛著。

Chapter.1 ✦ ✦ ✦

「今天身體狀態不是很好。」

聽到路易斯的回答，瓊妮用扇子遮著嘴，擔心地發出了一聲驚呼。

「臉色真的看起來不太好呢，您還好嗎？」

「我沒事的，大家都在看著妳呢，瓊妮。難得參加皇宮舞會，要笑得開心一點啊，怎麼像隻小狗狗似的直跺腳。」

路易斯溫柔地提醒著，瓊妮於是嘆氣，隨後才綻開了笑容。

「哥哥才是呢，您的臉看起來怎麼跟您在社交圈首度露面的那天一樣緊張，都讓我想起以前的事了。」

瓊妮一副老成的口吻。

「……」

路易斯放下了不知不覺又摸在肚子上的手，努力地試圖放鬆僵硬的嘴角。不是在說笑，路易斯確實是比他第一次參加舞會那時還要緊張。

時隔四個月的化裝舞會——說不定那個在他肚子裡製造了寶寶的男人也在現場。

路易斯口乾舌燥地嚥了下口水，露出如畫般的笑靨來。

皇宮後方，大型的煙火不斷妝點著夜空，為今晚的舞會拉開了序幕。

# CHAPT. 2 化裝舞會裡的仙杜瑞拉

化裝舞會總是比一般的舞會還要盛大歡樂。在薄薄的面具之下，認識的人們彼此之間裝作不認識，不認識的在此刻也能相互裝熟。人們在化裝舞會裡，會比平時跳更多的舞、喝更多的酒、聊更多的話，以及製造更多的緋聞。

瓊妮一走進會場裡，便小心翼翼地環顧了一下四周，眾人們也紛紛朝她看過來。收到男性們青睞的目光，也收到女性們羨慕又忌妒的視線，她像是帶著晶瑩露水的花朵那般閃閃動人。還沒等她走進大廳中央，一名高大的男子已經向她彎腰，邀請她共舞。

「該怎麼辦？」

瓊妮小聲地跟路易斯耳語著，因為她還沒和她的護送者路易斯跳舞。路易斯看著這個男人，又看了看瓊妮的眼睛。他不知道對方是誰，但瓊妮似乎認出了對方的身分，而且看起來並不排斥。

路易斯作勢嘆了一口氣：

「看來這位先生已經等了很久，是我們來得有些晚了啊。我會在牆邊等妳一整夜的，妳就去吧。」

「哥哥怎麼可能會在牆邊枯等呢！您打算讓多少小姐為您哭泣啊？」

瓊妮微微一笑，然後輕輕地握住了還在鞠躬的男子伸出的手。即使戴著面具，也能感覺到男子滿溢的欣喜之情。他帶著瓊妮往舞池去，無法將目光從她身上移開分毫。

路易斯帶著欣慰的眼神持續望著兩人的身影，看起來宛如童話故事中的王子與公主那樣美好。周圍的男人們也報以羨慕的視線，看來，短時間內她應該是不會回來了。

瓊妮開始隨著曲調起舞，路易斯在一旁注視了一會，才轉開目光。

路易斯今天來到這裡，是有特殊的目的的。他環視著周圍，尋找那個讓他來到這裡的對象。想找到他並不困難，只要到最多女士們聚集的地方就可以了。

不出他所料，會場裡打扮得最美麗的女性們正聚在了一處。在寬敞又華麗的會場裡，只有那裡的氛圍不同於別處，就像是有著黃鸝、孔雀，以及各種鮮花盛開的美麗玻璃溫室。而站在中央的，正是那個男人。

「……」

路易斯撓了撓臉頰，朝向男人看去，他今天戴著一個光滑的石膏面具。儘管他用最普通的假面遮住了臉龐，卻比舞會裡的任何一位女士都來得光彩奪目。從面具上方散落下來的金色髮絲格外地耀眼閃亮。男人雖然是首都第一警備團的團長，但世上從來沒有人會對他使用團長這個稱呼。

哎，真不想過去。

路易斯光是看著對方就覺得提不起勁。他朝著男人走近了一步，就在這個瞬間，男人忽然朝路易斯的方向轉過頭來，時機完美得彷彿他就是在等待著這一刻。

「……」

咕嚕。路易斯不自覺地吞了一口口水。

男人有著一雙明亮的紫瞳，那不似人類般的美眸在見到路易斯的剎那間變得冷若冰霜，宛如內臟都要被他的視線給凍結。臉上總是掛著慵懶微笑的男人眼神一冷，周圍在嘰嘰喳喳的女人們也立刻安靜下來，一齊朝向路易斯看了過來。

路易斯克制著嘆息的衝動，深吸了一口氣然後走向前去，單膝而跪，低下了頭。

「好久不見了，殿下。」

這位負責首都第一警備團的男人——皇太子梅特涅．卡倫特魯潔那，正歪著頭，用令人感到萬分壓力的眼神俯視著向他請安的路易斯。

梅特涅和路易斯兩人關係惡劣是全帝國人民都知道的事情。犬猿之仲、水火不容等等，所有不和睦的詞彙都被拿來形容兩人不共戴天的關係。

當然，路易斯不過是個擔任警備團團長的伯爵之子，要說和皇太子的關係不好，應該也只是他單方面的被皇太子嫌棄。然而，路易斯這方卻也沒有表現出什麼想改善關係的意願，因而產生了彼此互相討厭的傳聞。

至於實際上的情況呢？

「……」

路易斯再度深吸了一口氣。由於對方一直沒有開口讓他起身，他只好一直俯首跪在冰涼的地板上。所有人都看得出來梅特涅態度異常的冷漠，舞會的會場也因此變得安靜下來。路易斯能感覺到眾人的目光逐漸聚焦在此處。

回想上一次見面是在四個月前，那時皇太子的態度似乎還沒有這麼不好。路易斯感覺對方今天的視線比起上次更為冷冽。是因為時隔太久產生了錯覺嗎？那可怕的眼神，彷彿梅特涅隨時都有可能下令砍去路易斯的首級。

與其說是討厭梅特涅，路易斯其實是覺得梅特涅太難以捉摸。若是要讓他選出世界上最難理解的生物，那麼皇太子一定是排在第一名的，連母雞或貓咪都還比他好懂。

他並不知道梅特涅為何討厭自己，也不清楚他是從什麼時候開始討厭自己的。如果是源於某個契機的話，路易斯自己一定也會曉得的，但是他又沒有做出什麼會惹對方討厭的事情來。

小時候兩人明明關係還滿要好的啊。

「在化裝舞會上叫什麼殿下，你是故意要讓我難堪嗎？」

梅特涅過了許久，才語氣不善地說道。

「……那我該怎麼稱呼您好呢？」

明明一看就知道是皇太子殿下，不然是要怎麼稱呼？難道要說這位戴著白色面具的男士？

對方聽了路易斯有氣無力的詢問後，慢慢地笑彎了眼，周圍的一切像是要融化在他的笑顏裡一樣。

「梅特。」

「……」

皇太子竟然命令自己直呼名諱，而且還是他的小名，路易斯默不作聲，旁邊的人們則是都咯咯地笑了起來。

梅特涅輕輕勾起嘴角。

「那我要叫你什麼呢？」

「……都可以，請您隨意稱呼。」

「哎，怎麼這麼無趣。」

梅特涅抱怨著，靠在椅子扶手的手掌一邊撐著下巴，一邊看著路易斯。那充滿厭倦之意的視線讓路易斯的背脊莫名發涼。

「——小白兔。」

# Chapter.2 ✦ ✦ ✦

突如其然冒出的回答讓眾人露出了訝異的神色來。為什麼叫他小白兔啊？這個稱呼跟他好像不太符合吧？人們隱藏在摺扇之後的嘴巴不停地竊竊私語。

一頭漆黑的頭髮，略顯犀利的俊俏臉龐，高挑的個子和結實的身材，這麼一個端莊的貴公子卻被稱為小白兔？更何況路易斯今天還穿著一身全黑的燕尾服，這個稱呼根本到了荒謬的地步，一點也不適合他的形象。

「因為你很像我不久前差點抓到的一隻白色兔子。牠啊躲在樹叢後頭，一和我對到眼，就飛快地逃走了。」

周圍眾人們又爆出了笑聲來。他們在扇子後面看著路易斯討論道：

「艾力克斯爵士逃跑了嗎？」

「傳聞反而都是在說殿下對他避而不見。我看的社交報紙上寫說，艾力克斯爵士在等待晉見陛下的時候可是嘆氣嘆了一百下呢。」

有人應和道。

「……」

路易斯瞥了一眼那些幸災樂禍的人們，再次低下了頭，他不懂這有什麼好笑的。路易斯並不算是拙於與人打交道的類型，但是今天這樣的情況真的讓他有種被孤立的感覺。梅特涅從椅子上起身，邁著大步朝路易斯走了過來，隨後，一隻白皙的手掌伸至路易斯的眼前。

「起來吧，小白兔。看到你這樣跪在冰冷的地板上，我可是會心痛的。」

「……謝謝您。」

是因為無法讓我在地上趴得更久而心痛嗎？路易斯在心裡這麼猜想著的同時，握住對方的手站了起來，仰視著梅特涅高了自己約半顆頭的臉龐。他的臉頰比那些塗了一層厚粉的小姐們還要白淨。以一個大男人來說，擁有這樣的臉蛋真是頗為性感。

梅特涅在極近的距離之下，像是在耳語似的低聲問道：

「你怎麼瘦了？」

「什麼？」

「作為一名騎士，身體的健康管理不是最基本的嗎？一定是沒有好好吃飯對吧？你看起來就跟女士們一樣的瘦弱。」

「我很抱歉。」

路易斯向後退了半步，忍不住心想：還真是什麼都能找碴啊。原以為對方會鬆開的手仍舊是緊握著的狀態，路易斯無法脫身，只好在感到有些負擔的近距離之下繼續進行著交談。

「那個……是因為最近工作較忙，才會疏於管理。」

「真是個偉大的藉口啊。別人聽了還以為你抓了十幾個犯人了呢。」

諷刺的話語讓路易斯皺起了眉頭，到底是因為誰才會這樣遲遲抓不到兇手的。

*Chapter.2* ✦ ✦ ✦

「關於這件事，有些話想對您說。知道您玩得正開心，但是能不能請您稍微抽出一點時間給我呢？」

路易斯小心翼翼地問道。梅特涅聽了，歪著頭露出慵懶的微笑。那好看的唇瓣複誦了一遍路易斯的話。

「——要我抽出一點時間。」

「……是的，若是不會造成您的不快。」

對方好像是不開心了，看著他彎彎瞇起的眼睛，路易斯在內心咂舌，暗叫不妙。他能感覺到梅特涅的情緒突然明顯地變得不佳，但是卻不懂自己是哪裡惹他不高興。路易斯覺得自己大概這輩子都別想理解這個男人了。

「你要我抽出時間來，我有什麼好不快的呢？」

「……」

您現在明明就非常不高興的樣子啊，這句話已經到了嘴邊，路易斯忍下來了。

「在這裡嗎？還是要換個地方？」

「希望能換個地方……」

一聽路易斯這麼說，周圍的女性們發出了陣陣惋惜的奚落聲，似乎很想親眼看到艾力克斯爵士被皇太子嘲弄的樣子。對於明日的社交報紙版面來說，這確實是令人惋惜的場面。

「逃跑的兔子現在願意自投羅網，大家應該要祝賀我才是啊，怎麼可以發出噓聲呢？真是無情。」

梅特涅的話又讓大家掩著扇子笑成一團。

「即使是如此，一個人獨占艾力克斯爵士、不是，獨占了小白兔，也太過分了。」

「是啊，這是過了多久啊？已經時隔四個月了？上一次見面也是在皇宮的化裝舞會上對吧？那時候他也是忙著照顧朋友，一次都沒有牽過人家的手。」

由於路易斯這段時間疏忽了社交圈的經營，女士們忍不住一一埋怨著。路易斯難得出席舞會，連支舞都還沒提出邀請，就急著找皇太子談論公務，也難怪大家怨聲載道。然而，梅特涅裝作沒聽見女士們嬌滴滴的牢騷，拉著路易斯的手就走。

「往這邊。」

路易斯以為他們會在某個無人的辦公室裡談話，沒想到卻被梅特涅帶到了露台。

對於舞會會場來說，露台是個極為隱密的空間。厚重的天鵝絨窗簾和玻璃門將會場完全地隔絕開來，旁邊的露台也被長長的旗幟所遮擋著，無法窺探到周圍。眼前所見的是一座美麗的皇宮庭園，由於設計上保留了足夠的距離，所以不需要擔心在露台上的談話聲會外洩，不過還是難以保證不會出現在第二天的社交報紙上。

## Chapter.2 ♦ ♦ ♦

通常是孤男寡女一起來到露台，躲在窗簾後頭，將此處當成一個製造氣氛、加快進展的空間。說實話，露台幾乎大部分都是這種用途。

聽見門砰地一聲關上，路易斯直挺挺地站著。對他來說，露台是個有些陌生的地方。梅特涅卻像是在自己的房間那般熟門熟路，在露台欄杆前柔軟的座椅上坐了下來。好吧，這裡就算不是他的房間，也確實是他家沒錯。既然身為無數緋聞的男主角，想必是非常熟悉這個地方了。

梅特涅放鬆地坐在椅子上，像是覺得面具很煩人似的脫下，面無表情啪地將面具丟至一旁。路易斯有點緊張，明知是妄想，方才眼前這一幕看起來卻宛如初夜的新娘揭開了面紗。摘下面具之後的梅特涅，露出一副白淨的臉龐。

「……」

每當路易斯見到梅特涅的那張臉，內心某處總是感到相當不自在。就算他再怎麼討厭梅特涅的性格，似乎都難以抗拒他的外表。路易斯不禁要想，梅特涅這樣還不如直接露臉算了，自己並無以貌取人的意思，但是在這世上，有誰會討厭那張臉呢？

接近銀色的白金髮，剔透的紫色眼瞳，高聳的鼻樑非常秀氣，長長的眼眸總是帶著一股慵懶。那光滑的肌膚看起來像是化了妝似的細緻漂亮。要不是左臉頰中央的那顆小痣，路易斯肯定要懷疑他是不是真的上了妝。

梅特涅臉頰中央的那顆痣有些奇妙。一般來說黑痣總給人不夠乾淨無暇的感覺，但是這顆痣可不一樣。這一個小小的黑點，鬼使神差地為完美如雕像的梅特涅增添了一抹頹廢的氣質。

路易斯忍不住盯著那張不帶笑意的美顏看了一會，才趕緊移開視線。每次見著了梅特涅，路易斯就無法由衷地感到自在。

「你一定要那樣子看人是吧？」

「那樣子？」

聽見梅特涅滿是不悅的聲音，路易斯反問道。

「對啊，就像看到了什麼讓你反感的東西似的。」

「……怎麼會呢！」

「你總是用一臉不自在的表情迴避著我的視線不是嗎？」

「不是那樣的！」

路易斯差點就要脫口而出地解釋：「我是對喜歡著殿下外表的自己感到不自在」，他趕緊閉上了嘴。

「……對不起，不是您想的那樣。」

梅特涅不滿地看著連辯解都無法好好說清楚的路易斯，然後揮了揮手。

「哎，算了吧！」

一副要他有事快說的不耐煩態度。

Chapter.2 ✦ ✦ ✦

站在門邊的路易斯咳地清了一下喉嚨，開口說道：

「那個……我想您應該知道在我們的管轄區域內，發生了連環殺人事件。」

「知道，到處都能聽到你表現得頗為無能的消息。」

「……我發了好幾次公文給您，您也有看到嗎？」

「沒有，我沒收到什麼公文。」

梅特涅表情一絲不假地說道。

明明每天都發出三四封的公文信函，副團長薩布里娜天天都找上門去，路易斯自己也是四天一次地到梅特涅的辦公室等他。但是路易斯並沒有針對這些事情去質問梅特涅，他決定要直接切入正題。跟梅特涅爭論那些忿忿不平的事，只是白費口舌而已。

「我們認為兇手應該是住在第一警備團的轄區，也不排除他來自皇宮這邊的可能性。所以我們希望在調查案件上能獲得第一警備團的協助。」

若是能協助辦案當然是最好，如果不行的話，希望至少能讓他們去做一些探訪調查。不然在第一警備團排擠外人的手段之下，路易斯根本什麼都做不了。簡直像是上頭下了什麼惡意的命令在妨礙著調查的進行。

戰戰兢兢地提出請求後，路易斯觀察著梅特涅的表情。自從來到露台之後，梅特涅的臉上一直是冷冷的，面無表情。路易斯對這位美得令人畏懼的男人露出的冷漠神色感到困窘，不禁低下了頭。

「拜託您了，現在不停有人在失去性命，光憑我們之力，很多方面尚有不足。由於這是連環殺人案，手法十分兇殘，人民已經都人心惶惶了。若是第一警備團能提供一點點的協助，我們一定會盡早將兇手逮捕歸案。」

路易斯鄭重地請託，卻聽見對方發出一聲輕笑。他抬起頭來看著梅特涅，梅特涅彷彿剛才沒有發出笑聲似的，一臉冷漠地開口：

「我不要。」

「……不要？」

路易斯也想過自己可能會遭到拒絕，但是管轄權畢竟是個敏感的問題，他以為梅特涅會說要再考慮看看，或是給出更有誠意一點的拒絕，而不是簡短到不行的我不要三個字。

梅特涅像是覺得路易斯很可笑似的：

「我為什麼要被你利用呢？你只有在自己有需要的時候才會來找我。」

「……不是，那是因為……」

路易斯支支吾吾，尾音消失在空氣中。沒必要的時候當然不會找他啊。別說是一起喝杯酒什麼的，每次這樣面對面時內心總是相當的不自在，路易斯又不是被虐狂，會主動約他見面才是奇怪呢。

Chapter.2 ◆ ◆ ◆

梅特涅也是同樣的情況。路易斯只是覺得對方相處起來不自在而已，然而梅特涅卻是真心的對路易斯感到不悅。他看著路易斯的眼神和看著別人時，至少有著一百度左右的溫度差。那個眼神，任誰看了都會覺得他是真心感到厭惡。但是既然如此討厭著路易斯，卻又對路易斯抱怨他只在有需要的時候才來找自己，這是很矛盾詭異的事情。只不過，梅特涅對路易斯做出一些奇怪的舉動也不是新鮮事了，路易斯並沒有太過驚訝。他維持著平常心，冷靜地開口道：

「殿下，恕我冒昧。」

「殿下？我有讓你這麼叫我嗎？」

……現在都已經摘下面具了不是嗎？路易斯用手摀住了忍不住張開的嘴巴。在這個男人面前，總是一瞬間就會失去沉著和鎮定。

「梅特大人。」

路易斯咬著牙，照著對方的要求稱呼他，同時在心裡這麼想著：絕對不會是這個瘋子。

當時聽見彼得問說孩子的父親是誰時，路易斯的腦海裡閃過了三四個面孔，而梅特涅並不在其中。雖然對於那晚沒有半點記憶，所以可能性無法說是完全沒有，但只要那一晚不是出了什麼翻天覆地的意外，路易斯打從心底認為不可能會是這個人。也就是說，兩人至少要彼此喜歡到願意相互擁抱身體、互吸互咬的程度才行。不管是梅特涅這傢伙，或是路易斯自己，兩人當中至少也要有一人有這個意思才可能成立的吧。就算再怎麼喜歡這張臉，說沒兩三句就被對方氣得眼前一片黑，那麼外表再好看也沒有任何用處。梅特涅那邊就更不用說了。

「我知道您討厭我，但能不能請您重新考慮看看？若只有我一個人辛苦受折磨是沒關係，但我認為不能因此造成別人受到傷害。」

「你一個人辛苦受折磨沒關係？」

梅特涅笑彎了眼，反問著路易斯。那是一個耀眼無比，宛如會掉下金粉來的亮燦燦笑容。

「是的。」

路易斯點著頭，莫名感到肩頭上泛起一陣寒意。梅特涅上下打量著路易斯，眼眸甜甜地瞇了起來，幾乎要看不到瞳孔，像是猛獸在檢查獵物時的眼神。

靠在沙發上的梅特涅倏地站了起來，路易斯被對方輕盈的動作給嚇得震了一下，但他人就站在門邊，已經無處可退了。

「路易斯。」

「……是。」

路易斯感受著近距離之下所產生的排斥感，一邊回答道。

梅特涅像是要困住他似的靠了過來，低頭俯視著他。梅特涅也很高大，不過半顆頭的差距，路易斯就感覺到一種莫名的壓迫感。對方的手正在靠近，就快要碰到臉頰，讓路易斯有些緊張，肩膀都僵硬了起來。

伸過來的手摘掉了路易斯的面具，路易斯的眼睛周圍變得涼颼颼的，感覺梅特涅的臉龐距離更近了。這不是錯覺，梅特涅確實朝著路易斯挨近過來。

「我說你很像上次從我手中逃走的小白兔，這可不是個玩笑話。」

「是嗎？」

他是打算要說什麼非得靠得這麼近呢？路易斯看著梅特涅逐漸逼近的漂亮鼻尖，口乾舌燥地吞了下口水。拿下路易斯的面具後，梅特涅的手掌輕覆在路易斯的面頰上。

「你絕對無法想像我失去了那隻兔子有多傷心。我的心被這樣狠狠地傷害，老實說現在仍是感到有些難過。」

「……不過是隻兔子，再把牠抓回來不就好了嗎？」

又不是錯失了什麼野狼或老虎，竟然只是跑掉了一隻兔子就如此傷心，再怎麼小家子氣也該有點分寸吧。路易斯隨後在內心否決了這個想法，他覺得梅特涅應該不至於因為錯失了一隻兔子就這麼傷心欲絕。路易斯甚至無法確定對方沒抓到的是不是真正的兔子，畢竟在學院時期，梅特涅的槍法可以說是百發百中。神射手的他所錯失的不是老鷹而是兔子？或許是他在作夢也說不定呢。

梅特涅該不會是要我去幫他抓兔子吧？這個傢伙非常有可能會這麼做。路易斯心裡猜想著，皺起了眉頭。

「如果能再抓回來當然是很好囉。」

梅特涅像在喃喃自語，露出一個失落的笑容來。

「……您若能仔細地告訴我那隻兔子的長相、不是，牠的外觀，我一定會盡快為您抓到牠的。除了毛色是白色之外，大小多大呢？有沒有什麼特徵？」

果然不出所料，路易斯盡量冷靜地提出了疑問。

梅特涅用那隻包覆著路易斯臉頰的手，輕輕地在他臉上碰了兩下。

「這樣不對吧？路易斯。把因為討厭我而跑掉的兔子硬是抓回來有什麼意義呢？你說是不是？」

「牠是您的寵物嗎？」

兔子又不是能輕易馴服的動物，若在狩獵場上遇到，牠們會逃跑也是理所當然。路易斯的問題讓梅特涅露出一個詭異的笑容來。

「……不是。」

說不上來是哪裡，但感覺梅特涅的笑中帶著一絲惱怒。他的手離開了路易斯的臉頰，轉而抓住了他的肩膀。緊握不放的力道讓路易斯的肩膀稍微地吃痛。

「總之，好吧，既然都已經過去了。」

梅特涅彎下腰，長嘆了一口氣，彷彿可有可無地擺了擺手。不知道他說的傷心難過是不是在騙人，揮手的樣子看起來是想擺脫掉那股陰鬱的心情。

梅特涅抬起眼看著路易斯。

「更重要的是，我需要一個替代品。」

「什麼？」

是要我替他找一隻新的兔子來嗎？路易斯都還沒開口，梅特涅就低語道：

「路易斯，我需要一隻足夠強壯而且不會逃跑的兔子。而你剛才說了你再怎麼辛苦受折磨也沒關係。」

路易斯眨了眨眼，梅特涅則是緩緩地勾起一個慵懶的微笑。

「所以，我覺得你正好合適。」

「……」

路易斯不明白對方是什麼意思，就在他低下頭的那個瞬間，砰地一聲，梅特涅用力推著路易斯的肩膀，將他推至玻璃門上，整個人也跟著靠了過來。這股力量大到讓路易斯一時之間無法呼吸。

玻璃門撞擊的聲音一定傳到外面去了。大家肯定認為裡面發生什麼激烈的爭執，明天的報紙又要充斥著各式猜測性的報導了。為了不讓那些報導成為事實，路易斯捏緊了不由自主想要揮出去的拳頭。

「您這是在做什麼？」

梅特涅把路易斯推在門上，將他的絲巾和襯衫一把扯開，荒唐的行徑讓路易斯的聲音都顫抖了起來。固定著絲巾的紅寶石扣環滾落在地發出了聲響。

梅特涅目不轉睛地盯著路易斯被衣領摩擦發紅的頸部。

「好啊，我答應幫你。」

梅特涅突然丟出這句話。

「真、真的嗎？」

路易斯非常的意外，震驚到講話都打結了。

彷彿是覺得這樣的路易斯很可愛，梅特涅笑得十分溫柔。

「沒錯，只要你扮演好兔子的替身。」

「兔子的替身？」

什麼叫兔子的替身啊？那到底是什麼？是要把兔耳朵戴在頭上跳來跳去的意思嗎？路易斯露出一臉困惑的表情。

梅特涅沒有多作回答，而是鬆開了抓住的衣領。原先熨燙得平整不已的領子現在變得皺巴巴的。

「明天早上到我的團長辦公室來，帶著你需要的文件資料。」

# Chapter.2 ✦ ✦ ✦

梅特涅用溫柔的語氣說道，然後伸手將路易斯一頭梳理得整整齊齊的頭髮給撥得亂七八糟。

「……」

雖然得到了願意協助的答覆，路易斯卻覺得有哪裡不太對勁。他呆站在那裡，任由著對方把自己衣服弄皺、把頭髮弄亂，然後才開口問道：

「兔子的替身指的是什麼？」

「就是你要代替小白兔來完成我所交待的事情。」

「那些事情是什麼？」

面對路易斯的提問，梅特涅向後退了一步，確認了下路易斯全身的著裝。他的衣領滿是皺摺地敞開，髮絲散亂地飛舞著。路易斯的模樣簡直像是經過了一場亂鬥，霍爾頓要是見了他這個樣子，說不定會當場哭出來。

「雖然會有各種事情，不過主要都是這種……」

再次逼近的梅特涅伸手抓住了路易斯的褲頭。路易斯才剛發出哦的一聲，後背已經再度撞在玻璃門上，而梅特涅的美顏突然間近在咫尺。眼前的紫瞳讓路易斯的心跳驟然加速，同時，路易斯的嘴唇碰到了一個柔軟的東西。

「——！」

路易斯張大了眼，甚至來不及眨眼。他無法理解現在是發生了什麼事情。驚詫張開的嘴唇被某個滑軟的東西輕輕掃過。梅特涅輕舔他的下唇，氣息霎那間被吞噬，在那短暫的呼吸之中，慵懶迷人的眼眸在近處笑成了新月狀。

路易斯此時才意識到自己正在和梅特涅接吻。

撬開雙唇的舌頭輕柔地在嘴裡摩挲。就在轉瞬之間，梅特涅加深了這個吻，伸進兩片唇瓣當中的軟舌色情地搓揉著路易斯的舌頭。舔弄吸吮嘴唇的動作相當熟練，那個在上顎輕掃磨蹭的濕軟之物讓路易斯頭昏眼花。

這個吻和路易斯以往的經驗截然不同，過去他和淑女們總是維持著端莊穩重的交際關係。現在又不是在床上，路易斯從來沒有試過這種舌頭相互翻攪，或是如此色情地舔噬著嘴唇的吻。他剛才可能喝了一些紅酒，一股甜蜜的氣味在口腔裡擴散。

不對啊，路易斯想著，自己為什麼會和梅特涅吻在一起呢？他完全愣在原地，連推開對方都無法。

梅特涅的手這時滑進了路易斯的襯衫裡，在他的腰間撫摸。他大力地吸了一口路易斯的下唇，正當路易斯遺憾地以為他的嘴要離開時，唇瓣掠過了臉頰，梅特涅來到路易斯的耳際處舔弄著。

「那個、等等、不是……」

路易斯需要一些時間來釐清眼前的情況。然而還沒來得及推開對方，梅特涅的唇已經吻在了路易斯的頸窩處。

「平常看起來明明那麼禁慾冷感的，」

梅特涅把嘴唇貼在路易斯僵直的後頸上，像是在自言自語般地囁嚅道。

「誰會知道呢，你竟然這麼容易就露出這副淫蕩的表情……你以前交往的女人們知道嗎？」

低低地笑聲搔癢著路易斯的脖頸。

「……呃！」

他於是用力地一把將梅特涅給推開。後頸傳來的刺痛足以讓路易斯清醒過來，他摀著脖子，在退開了三四步的距離下看著梅特涅。

梅特涅濕濡的嘴唇正在開心地微笑著。

「呃、」

路易斯猶豫了一下，試圖後退的身體背部撞在玻璃門上，一時停了下來。

「對不起，我想起一件要緊的事情……那個、」

路易斯其實根本想不出這個時候他該說些什麼話。見梅特涅又要靠近，路易斯乾脆抓住了門把，一開門就跑了出去。

「啊！」

# Chapter.2 ✦ ✦ ✦

匆匆忙忙逃離了露台，路易斯才發現舞會現場的所有人都在注視著自己。還有人遮著嘴巴驚呼著「天哪」。

聽到眾人議論紛紛的聲音，感受到刺人的銳利視線，路易斯這時才發現自己的狀態多麼狼狽。面具已被取下、亂蓬蓬的頭髮、被解開的絲巾、爛皺的襯衫還被掀了出來。不知道對方是何時下的手，連褲頭都是敞開的狀態。路易斯滿臉通紅、嘴唇濕潤，人們的目光全都落在他的後頸上。

路易斯伸手摸索，在脖子後方的顯眼處摸到了一個牙印。全部的人在看的大概就是這個吧？明早的社交報紙會以誰為主角，已經可想而知。

路易斯連忙抓緊了褲頭和大開的衣領，倉皇地逃離了現場。儘管已經被在場的人們給看個精光，他沒辦法繼續呆站在這裡，更不可能再次回到露台去。

路易斯橫亙會場穿過大門離去的路上，遇到了幾個認識的人。妹妹瓊妮、書記官利奧，還有一些朋友。然而路易斯已無暇顧及他們驚愕的視線。

他的心臟正在瘋狂地跳動著。

剛才是發生了什麼事……不，路易斯其實很清楚發生了什麼。就算是在惡夢中也不可能會發生這樣的情況，所以說，這真的是現實了。

路易斯試圖保持鎮定，努力地想重新掌握日前的情況。先別管那個吻，仔細思考了一下對方在這之前說的話，以及舞會上眾人的視線，現在的情況是……

『就是你要代替小白兔來完成我所交待的事情。』

『那些事情是什麼？』

當路易斯這麼詢問的時候，梅特涅臉上的笑容分外的甜美。

『雖然會有各種事情，不過主要都是這種……』

然後梅特涅吻了他。

那是個打死也不能說的親密之吻。

「──嗚！」

路易斯滿臉漲紅，用手遮著嘴巴，一股刺痛的感受仍然包覆在他的脖子後方。

梅特涅那個傢伙，竟然吻了自己，還摸了自己的身體！這比任何事實都要令人震驚，以至於路易斯現在滿腦子都被這個唯一的念頭所佔據。

梅特涅竟然和自己接吻，還對自己上下其手，老天爺啊！說要做兔子的替身，難道是要獻身的意思嗎？路易斯從沒想過梅特涅會對自己做出這種性慾上的接觸。

莫非，孩子的父親有可能是梅特涅？路易斯的想法在這一刻變得瘋狂起來。

「──！」

砰地一聲，路易斯迎面撞上一個擋在他前方的魁梧身軀，踉踉蹌蹌地停下了腳步。他抬頭一看，只見對方有著比他高出一顆頭的壯碩體格，面具之下可以看到他粗獷的下巴。

# Chapter.2 ✦ ✦ ✦

「路易斯。」

一聽見他的聲音，路易斯立刻就知道對方是誰了。

三皇子，拉斐爾．威頓公爵——他正是在路易斯心裡的孩子父親候補人選當中，被擺在了首位的那個男人。路易斯平時就和他有著相當好的交情，尤其威頓公爵這方一直以來不斷在對路易斯釋出好感。

「啊，不好意思，我現在有點急事。」

原本是打算今天有碰面的話，要趁機試探一下他四個月前有沒有和自己在一起的，但是路易斯現在根本沒有那種心情。他現在只想要馬上回家，好好思考一下關於剛才發生的一切。

低著頭和對方擦身而過，路易斯正想離開皇宮，一隻大掌抓住了他的手腕。

「路易斯，稍微和我談一談……」

正要說些什麼的他，這時才看清楚路易斯這一身模樣，倏地閉上了嘴巴。他的視線自然也在路易斯的後頸上作停留。

「……你有交往的對象了嗎？」

「沒、沒有！不是在交往，只是發生了一點意外……抱歉，可以下次再談嗎？今天我就先回去了。」

語無倫次的回答讓威頓公爵沉默了片刻。路易斯這時不安地瞥向舞會會場的方向，人們交談的聲音比音樂的聲音還要大。

不知道梅特涅是不是也已經離開了露台？路易斯一想到這裡，就覺得無法再多待一秒。他掙脫對方的手走下階梯，沒走幾步，就聽見威頓公爵的聲音從身後傳來。

「上次說的那件事，你有考慮過了嗎？我想我似乎已經等得夠久了。」

什麼事？路易斯繼續步下樓梯，打算裝作沒聽見。

「你該不會是忘記了吧？」

忘記了什麼？路易斯不由自主地停下腳步轉過身來，威頓公爵脫下了他的面具，正在注視著路易斯。那是一張帥氣俐落，極具男子氣概的臉龐。路易斯一心一意趕著回去，先前都沒有注意，現在這麼一看，威頓公爵的眼神中充滿了炙熱。

「您說的是什麼……」

喀噠！不知從何處傳來了像是齒輪契合的聲響。路易斯的心底莫名泛起了一絲涼意。

威頓公爵臉上帶著些微的紅暈：

「我不是說了我愛慕著你嗎？」

噹——！

巨大的鐘聲響起。路易斯抬頭一看，在威頓公爵身後的鐘樓上，鐘擺大力地晃動著，午夜十二點的鐘聲正迴盪在夜空中。

# Chapter.3 ✦ ✦ ✦

# CHAPT. 3

## 白兔的憂鬱

「——少爺！」

聽見一陣呼喚聲，路易斯猛然睜開了眼睛。霍爾頓正一臉為難地看著他。

「真是難得啊，您竟然會睡過頭。」

「……抱歉。」

路易斯頂著一頭亂髮，表情呆滯地坐起身。昨晚直到快天亮才終於入睡，現在完全打不起精神。路易斯在臉上抹了一把，聽到霍爾頓重重地嘆了一口氣：

「就算負面消息引發軒然大波讓您不想出門，這工作還是得去的呀。」

「……軒然大波？」

路易斯這麼一問，霍爾頓像是不想多作解釋的樣子，將夾在臂膀之下的報紙放在路易斯的膝上。

『在那個露台上發生了什麼？』

光看標題就知道是在說誰了。這種不祥的預感通常都是不會出錯的。

『化裝舞會上總是不乏有趣的事情發生，多數時候是非常隱密的。由於揭露戴著面具時發生了哪些軼事的行為並不高尚，在化裝舞會後的隔天，本報經常只刊載推測性的文章。

然而就在昨夜，有人大膽地摘下了面具。（想必在會場裡的所有人都目擊到了，所以這裡沒有必要寫出他的真實姓名。依照緋聞的另一位主角所幫他取的代稱，以下將用小白兔來稱呼他。）

當那一位男士和小白兔一同進了露台，所有人猜想的，充其量只是發生一場打鬥。應該沒有人不知道這兩位過去的關係有多糟糕吧？本報還曾經為此做過三次的特別報導，若是說不知情的話可是會令我們傷心的。為您附上收錄特輯的期數為第三九〇二期、第四三二一期、第四三四四期。

儘管如此，所有爭吵的盡頭，果然還是愛情嗎？

伴隨露台上發出的劇烈聲響，小白兔出來之後模樣十分難堪。

如果這是一場搏鬥，或許大家會好奇是有什麼深仇大恨讓兩人必須用上拳頭來解決，贏得勝利的又是哪一方，然而，從露台衝出來的小白兔看起來並沒有和對方打架。

他看起來全身衣衫不整凌亂不堪。不僅是那一頭亂糟糟的頭髮、紅腫濕濡的嘴唇，就連他後頸上清晰可見的咬痕似乎都在炫耀著方才發生的一切。

出來後小白兔滿臉的驚慌，連褲頭都來不及扣上就直接穿越會場，逃了出去。』

看到這裡，路易斯暫時把報紙給放了下來。

「……這到底是新聞報導還是淫穢小說啊？」

「我已經找了內容寫得最樸實的報紙給您了。」

「這個是寫得最樸實的？」

路易斯驚訝地問道。霍爾頓則平靜地解釋：

「一些黃色刊物上甚至還刊登了少爺被對方強姦導致懷孕的消息。」

「……」

路易斯啞口無言，嘴巴無聲地開開合合好幾次。他只能再次低下視線，假裝閱讀著這篇報導。

『過了不久，從露台出來的那位男士，嘆息著說了一句：「這個人還真會惹人傷腦筋。」那位男士和小白兔，有誰能料到埋在兩人之間的並非紛爭，而是愛的種子呢？這果然是個活久見的世界啊。

究竟是單方的追求，或是雙方皆有此意，還有待觀察，唯一可以確定的是，兩人絕對是不尋常的關係。

眾人對於兩人究竟是什麼樣的關係感到好奇，請求那位男士出面解釋一下時，他是這麼說的：

「如今這樣的世道，喜好男色又沒有什麼錯……」男士的話只說到一半，便含糊地帶過了。

當然了，在天神祝福的庇佑之下，皇室的男色沒有任何問題，不過，難道只有筆者認為，這話中所蘊藏的含意看起來非比尋常嗎？

那位男士也沒有在會場逗留太久，是因為沒了小白兔的舞會令他感到孤單的緣故嗎……』

路易斯長長地嘆了口氣，兩手抱住腦袋，頭都痛了起來。

「……怎麼辦才好？」

路易斯是第一次發生這樣的醜聞。他所居住的社區原本就愛八卦，一直以來路易斯總是倍受關注，由於待人處世評價不錯，過去從未被貼上可稱之為醜聞的標籤。生平初次的醜聞竟然是和梅特涅的男男緋聞。

見路易斯嘆氣，霍爾頓也跟著微微地嘆了息。

「您見到瓊妮小姐後，先跟她道個歉吧。大概是原本期待著哥哥能讓她成為舞會的全場焦點，作夢也沒想到哥哥卻搶了她女主角的位置，像個灰姑娘似的從舞會當中逃走，小姐現在十分地傷心難過。」

「……我知道了。」

她是那麼以哥哥為傲，原本多麼開心能被帶去舞會的，卻讓她見到如此不堪的一幕，還自己先跑了回來。路易斯覺得自己就算有十張嘴也無可辯駁。

「還有……恕我冒昧，您是真的在跟殿下交往嗎？」

「不是的，絕不可能！」

路易斯毫不猶豫地搖頭否認。

「那位只是因為討厭我所以在戲弄我罷了，雖然手段非常奇特。您也知道的吧？他本來就是那樣的人。」

「我當然是知道那位的個性。」

路易斯用手背按在他依舊腫脹的嘴唇上，蹙起了眉頭。明明不是個長吻，卻感覺嘴上還殘餘著熱度。霍爾頓看著路易斯的眼神帶著一抹惻隱之意。

「還是希望您不要過於任由對方所擺佈……我知道這並不容易。您對於那種捉摸不定的類型特別束手無策是吧？」

霍爾頓一針見血地切中了要害。路易斯回想起昨晚在張皇無措之中心神不定的自己，於是點了點頭。對方這樣靠過來吻了自己，當下卻沒辦法做出任何反應，只會眨著眼睛，一直到脖子被咬了才氣喘吁吁地逃了出來。

「要是能夠待在宅邸不要外出就好了，但是您現在必須出門工作，想必周圍會有不少閒言閒語。」

霍爾頓一邊說著，一邊扶起路易斯，將他推進浴室裡。

「既然不是事實的話就沒關係。到最後都挖不出什麼料的話，大眾的焦點自然很快就會轉移到其他的八卦去了。」

路易斯盯著水槽水面上自己的倒影。因為沒睡好，眼窩都凹陷下去了。水面的粼粼波動導致臉部表情顯得有些詭異，又或許是自己的表情真的就是這麼詭異。

「這陣子暫時低調一些吧。或是找個不錯的小姐交往也好。只要傳出少爺在跟女性談戀愛的消息，和殿下的緋聞便會立刻平息下來的。」

霍爾頓反而如此期待似的說道。

「……唔嗯。」

路易斯把手伸進水裡，同時問著：

「現在幾點了？」

「已經八點多了。」

「……」

路易斯動作遲緩地用手攪亂著水面，他心裡在想：今天確實是比平常晚起，但也沒必要這麼早就叫醒我啊。

『明天早上到我的團長辦公室來，帶著你需要的文件資料。』

梅特涅昨晚說的話還縈繞在腦海裡。他的協助固然是不可或缺的，但是自己能不能扮演好

# Chapter.3 ✦ ✦ ✦

「小白兔的替身」，又是另一回事了。

梅特涅究竟是做何打算？路易斯忍不住抱頭搖晃了幾下。

不對，哪有什麼打算，那個人分明是因為太討厭自己了，以至於對自己為難困擾或痛苦的樣子感到樂此不疲而已。

「……」

照理來說，那麼厭惡的話，應該也會討厭觸碰到自己才對吧？路易斯心想著：要是我的話，應該會連臉都不想見到才是啊。雖然一直是這麼想的，路易斯再次體悟到自己真的無法瞭解梅特涅的想法。

「您還不洗臉在做什麼呢？」

「哦，好的。」

拿著毛巾等在一旁的霍爾頓催促著，路易斯這才慢吞吞地開始洗漱。

光是梅特涅的怪異舉動就已經讓路易斯煩惱到頭快爆炸了，昨晚還發生了另外一件事情。

『我不是說了我愛慕著你嗎？』

聽見威頓公爵這麼說時，路易斯完全愣在那裡，呆看著對方。他無法確認自己有沒有聽錯，真的是「愛慕」這個單字嗎？就在下一刻，對方大步流星地走來，再一次抓住了路易斯的手腕。

『我今天一定要聽到答案，路易斯，那天晚上對你來說難道不具任何意義嗎？心動的真的只有我一個嗎？』

噹——噹——！鐘聲接連不斷地響起。路易斯感覺那鐘聲彷彿正敲擊在自己的頭上。

那天晚上？

『您說的……難道是四個月前的皇宮舞會嗎？』

路易斯這麼一問，威頓公爵便又走近一步，湊到了路易斯面前。和只差半顆頭的梅特涅不同，公爵是個魁梧的高個，高出了路易斯一顆頭以上。被他這樣抓著手逼近，非常具有脅迫感。

『沒錯，你說你會考慮看看的，難道這段時間以來你都沒想過嗎？』

對於他帶著指責之意的話語，路易斯完全無話可說，因為他根本就沒有關於那一晚的任何記憶。

他真的跟自己表白了？令人心動的夜晚？

『我說……我會考慮看看？』

路易斯小心翼翼地確認，威頓公爵的臉色登時卻沉了下來。

『是的。怎麼了？你現在是想裝傻嗎？我沒想到你竟會這樣糟蹋他人的一片真心。』

『……』

路易斯一時無法作出回答。他可以直接告訴這四個月來一直在等待著自己答覆的人說，自己那晚醉糊塗了，所以什麼都不記得了嗎？

『閣下，那個……』

想不到該說什麼，路易斯抬起頭看著威頓公爵緊張的模樣，感覺此時只要稍一不慎，自己就會變成一個糟糕的負心漢。

不好意思，請問那天您和我上床了嗎？

路易斯嘴唇上下囁嚅著，實在是開不了口這樣問他。萬一那天與自己同寢的真的是他，還成了肚子裡孩子的父親，那該怎麼辦呢？

路易斯望著拉斐爾滿是熱切的眼神。我從來沒想過要和男性交往——他將差點就要脫口而出的拒絕嚥了下去。

『我知道您等了很久，但是不曉得能不能再多給我幾天的時間？我最近忙得暈頭轉向的……』

聽見路易斯這麼說，威頓公爵咬住了下唇。被他抓住的手腕忽然緊到發疼，路易斯吃痛地皺眉，威頓公爵這才驚覺自己的動作，趕緊鬆開他的手。

『抱歉。』

『不會。』

自己又不是女人，被抓一下手腕而已，沒什麼好大驚小怪的。威頓公爵站在路易斯面前像是還有話要說似的躊躇不定，最後終於點頭答應了。

『我沒辦法無止盡地等待下去，告訴我我要等到什麼時候？』

『請等到這次的事件結束為止吧。』

這次的事件，指的當然就是近期發生的連環殺人案件。聽見得一直等到兇手逮捕歸案為止，公爵搖了搖頭。

『就十天，我無法再等更久了。』

『我知道了。』

路易斯應聲的同時悄悄向後退了一步。過了十天之後腦袋應該會比較清楚，心情大概也調整好了吧？在那之前，也可能已經抓到犯人了。

也許是想緩和一下氣氛，威頓公爵擠出一個苦笑，然後問道：

『你讓我等了那麼久，不會最後還是打算要拒絕我吧？』

『……』

路易斯無法給出任何回應，落荒而逃似的，轉身就上了在一旁等待的馬車。

拉斐爾爾格特魯潔那。生為皇帝的第三位庶子，平時被稱為威頓公爵，是一位聲譽極佳的人物。路易斯也與他在每三、四個月一次的聚會上固定碰面，兩人關係算是相當親近。雖然不是最要好的朋友，但是他們對彼此都很友善。

四個月前的那一晚，表白了心意的男人。

和自己發生關係的會是他嗎？那時的男人如果是威頓公爵的話，那他床上的禮儀還真是挺令人感到意外。在路易斯唯一有印象的幾個片段中，在他耳邊低語的那些詞句都非常輕浮下流。

當然，性癖這種東西從表面是看不出來的。考慮到這一點，跟他上床倒也還算是合理。在目前看來，與一個向自己告白的男人酒後亂性地睡了一晚，是最具有說服性的推斷。如此一來，就能解釋他為什麼會說出『那一晚心動的真的只有我一個嗎？』這句話來。

「……」

路易斯用毛巾擦拭著臉上的水份，長吁了一口氣。

◆ ◆ ◆

團長辦公室門口，已經有好幾個像記者一樣的人在徘徊。大清早的，大家還真是勤奮啊。路易斯揉了揉暗沉的眼角，朝著團長辦公室門口走去。

「艾力克斯爵士？早安！我是《我們好奇的那些事情》的萊拉，您看到我們的報紙了嗎？」

「這裡是《每週社交新聞》的約翰。艾力克斯爵士，您可以透漏一點關於昨天在露台上發生的事情嗎？我會好好為您寫一篇報導的。」

「艾力克斯爵士！請您說一句話也好啊！請先別走！」

路易斯對擋在門口的這群記者尷尬地笑了一下。

究竟是想聽到什麼呢？就算只是玩笑話，只要他一開口，擺明了會被過度解讀，渲染成內容勁爆的小說。

「對不起，請讓一讓。」

路易斯低聲說著，堅持站在門口的女記者卻拿著筆和筆記本，直瞪著路易斯。那眼神的意思彷彿是在說除非等到路易斯開口，不然她絕不離開。

「說一句話有這麼難嗎？只要告訴我您對殿下懷有怎樣的感情就好，艾力克斯爵士！」

「……」

明明他們丟出的就是世界上最難回答的一個問題，還質問說這有什麼難的？路易斯被這些看起來甚至有些猙獰的記者們給阻擋著，無法進入他的團長辦公室。

面前的女記者一臉像是只要碰一下她的肩膀，她就會癱坐在地上，要求路易斯接受採訪似的，路易斯進退兩難，只能佇立在原處。

路易斯和記者們對峙著，正當他考慮是否該隨便說句話，好把這群人打發走時，事情出乎意料簡單地解決了。

「您來晚了。」

咔嗒，辦公室的門被打開，薩布里娜走了出來。由於門是從裡面向外開啟的，堵在門口的女記者被推開的門撞得踉蹌了一下，路易斯接住了她，將她扶起來站好，隨後快步走進了辦公室。

薩布里娜就像個守護著路易斯的騎士一樣，用冷淡的表情掃視著面前這群記者。所有記者都閉上了嘴巴。

「再繼續待在這裡超過五分鐘的話，全都會因妨害公務罪而逮捕入獄。希望我下次出來看的時候，這裡不會再有任何人逗留。」

她雖然語氣平淡，但態度十分堅決，說完，砰地一聲，用力關上門後走了進來。

「啊，謝謝妳。」

聽到路易斯的道謝，薩布里娜的臉色卻不是很好。

是因為昨天的事嗎？路易斯思考著，是否該跟薩布里娜解釋報紙上的緋聞只是一場誤會，實際上談的就是公事而已。他正要開口，薩布里娜已經先說話了。

「據報在今天凌晨，有一名年輕的女性失蹤，年齡二十三歲。她在第一警備團轄區的酒館下班之後一直沒有回家。」

「單純只是離家出走的可能性呢？」

路易斯的表情霎時也凝重了起來。

「因為是第一警備團的轄區，我們無法去確認酒館裡有沒有什麼問題。不過在她住處附近探查的結果，並沒有什麼特別的發現。您看了就知道，她是個勤懇工作的人，沒有金錢上的問題或糾紛，私人近況也沒什麼特別的變化，還有——」

她把失蹤者的肖像放在了桌上。

「——艾米莉。」

路易斯輕聲地默念出她的名字來。

艾米莉是路易斯經常光顧的紫丁香酒館裡的員工。雖然和她沒有什麼太多的交流，但那間店路易斯幾乎每週會去個一次，算得上是經常見面的關係。

「是的，正是艾米莉．寇里。」

由於薩布里娜也是那間酒館的常客，她的臉色十分難看。

「她的外表特徵和先前連環殺人案的受害者們相似，露出頸部的黑色短髮，還有白皙的肌膚，以女性來說頗為高挑的身材……」

路易斯回憶起那五名死去後才被發現的被害者的面孔。為了辦案，他不知道看了多少次死者們生前的肖像畫，對照起來並不困難。

正巧在第二、三起殺人案發生之時，路易斯才剛問過艾米莉要不要把頭髮留長。起初她也因為害怕而留了一陣子的長髮，但就在上禮拜，她實在是受不了長髮，剪了一個露出脖子的清爽髮型出現在大家面前……

路易斯不敢相信會有這種事，看了好一會她的肖像畫，才抬起頭看向薩布里娜。

# Chapter.3 ✦ ✦ ✦

「真的會是那個傢伙嗎？」

頻率越來越頻繁了，前天才剛發現一具屍體，竟然這麼快就又找了新的目標。就算是再瘋狂嗜血的傢伙，這速度也太快了。再怎麼大膽也該有個限度。不知道他是有自信不會被抓，還是在掙扎著希望能被逮捕。

「大概是吧……雖然我希望不是，拜託，千萬不要是他……」

薩布里娜的話哽咽地停了下來，她嘆了一聲，緊緊咬住了下唇。

「不管怎麼說這也太快了吧！前天才剛發現屍體。」

她單手摀住了一邊眼睛說道。

「看來兇手是越來越瘋狂了。犯案間隔的時間越變越短也是典型的連環殺人魔模式。行兇的手法確實也愈發兇殘……」

如她所說的，屍體的狀態是越來越慘不忍睹了。如果說第一具屍體看起來是為了發洩怒氣，接下來的屍體身上則是留下了類似嚴刑拷打的痕跡。那些都是刻意不讓他們死亡，盡可能地延長痛苦的酷刑。

「……昨晚我才剛見過她，我去紫丁香吃晚飯，還是她幫我送餐的。」

薩布里娜的聲音裡混著哭腔。路易斯抱住她的肩膀安慰著，久久說不出話來。調查案件時不該摻雜個人情感的，然而到了這種時候，實在很難維持冷靜。

「不知道她還活著嗎?」

路易斯感覺到衣服上的濕意。他聽見了懷裡薩布里娜的問題，卻無法給她一個答案。

「要是還活著，那她該有多害怕啊?我的老天……」

薩布里娜無法再說下去，倒抽了一口氣。無論是生是死，這都不是一個年輕女孩所能承受的恐懼和痛苦。

路易斯也在心裡祈禱著，就算現在這一切擔心和眼淚都是白費也沒有關係，祈求她的失蹤是個意外，希望她只是單純的離家出走或外宿了一晚而已。

「不管要用哪種方式，我們得盡快找到她才行!」

路易斯低聲地喃喃自語，呼出一聲嘆息。

他必須去見梅特涅才行。

◆ ◆ ◆

想當然爾，在路易斯離開辦公室，前往位於別宮的第一警備團團長室的路上，有幾名記者捕捉到了他的行蹤。不知道這次又要編出什麼小說情節，路易斯已經隨他們去了。他沒有片刻耽誤的快步來到了團長辦公室的門口，正要敲門時，突然冒出一道聲音來。

# Chapter.3 ◆ ◆ ◆

「哦，您還真的來了？」

路易斯轉頭一看，是第一警備團的副團長傑克克朗。

事實上，沒有人知道堂堂的皇太子梅特涅為何要跑來當一個區區的團長。他又不是特別關心首都的治安，也不需要增加什麼頭銜，卻非要擔任第一警備團的團長一職。

身為一名皇太子，他原先的職責並不輕鬆，因此鮮少出現在團長辦公室裡。只有在每個月一次，警備團團長全員匯報近期治安時，梅特涅從來不曾缺席。

他彷彿就在等待這天來臨似的，針對路易斯說出的每字每句提出質疑、抱持疑問、不停找碴。這番誇張行徑，不禁讓路易斯懷疑起，他是不是為了找自己麻煩才來擔任警備團團長的。

總之，由於梅特涅的團長職務只執行了這麼一小部分，實際上真正在管理警備團的人，就是這位副團長傑克。

他跟梅特涅一樣，這四個月以來不曾在路易斯面前露過臉。

「好久不見了，殿下有提到我的事嗎？」

路易斯平淡地詢問，傑克則是苦笑了一下。

「嗯……殿下是猜測您或許會出現，並沒有確定您一定會過來。殿下交待如果您有來，要我另外為您帶路。」

另外帶路？路易斯無視這些從早一路跟蹤到現在、充滿好奇心的狗仔視線，好不容易才來到了這裡，現在又要被帶到哪裡去？

他剛露出疑惑的表情，對方立刻伸手為他帶頭指路。兩人一開始移動，躲藏在四面八方的視線立刻跟隨著他們。

「……」

離開了別宮，傑克帶著路易斯前往的地方是主宮殿。路易斯從那些記者逐漸凝聚的視線感受到了相當大的壓力，皺起了眉頭來。他必須盡快得到協助，才有辦法展開搜查及早抓到兇手，但是不管是傑克還是梅特涅，他們看起來盡是一副悠悠哉哉的模樣。路易斯也知道，乾著急沒有用，兇手不會因此突然冒出來的，然而現在的情況確實是刻不容緩。

「……這裡。」

傑克停下了腳步，路易斯看著他面前的房間，發出了一聲乾笑。那是一道華麗典雅的四扇型大門，怎麼看都不像是間辦公室。傑克面帶完美的笑容，代路易斯向門口的侍從通知他的到來。

侍從毫不猶豫地打開了那扇在路易斯面前的門。傑克這時伸出手說道：

「啊，那份文件請交給我吧。確認過後，我會和副團長共同著手進行調查的。」

「你是說你和薩布里娜？不需要給殿下過目或是得到允許嗎？」

路易斯手上拿著文件資料反問著，傑克卻從他手中直接搶走了文件：

「聽說情況十分緊急，總之我會確認我們這邊的狀況，先從探查開始著手會比較好。」

Chapter.3 ✦ ✦ ✦

「那麼我好像就不需要進去和殿下見面了，況且現在時間這麼早，殿下如此忙碌，沒有必要佔用他寶貴的時間。」

路易斯說著，向後退了一步。

事情現在迫在眉睫，三個人同心協力也比只有兩個人來的好。況且，撇開這些不談，他就是很不想進入這個房間。

「不，殿下非常期待您的到來。」

傑克斷然拒絕路易斯的違抗之意，啪地一把將他推進了門內。路易斯猶豫了一下，一走進去，背後的門立刻碰地關上。

「……」

路易斯一臉無措地環顧著四周。

傑克所帶他來的地方，是梅特涅的寢室。

寬敞的房間裡，紅毯延伸到底的盡頭處是一張大床，白色帷幕飄動著。窗外的鳥鳴聲和透亮的日光正一同滲入房內。

「……」

這幅光景是如此平和，宛如童話裡公主的早晨一般。然而，當男人被關門聲給吵醒，悄然起身，朝著自己看過來的時候，路易斯感覺自己像隻在深夜遇到怪獸的羊，緊張不已地嚥著口水。

「……」

在床上坐起身子的梅特涅，表情看起來一副還沒睡醒的樣子。睡覺時大概沒穿衣服，被子一滑落，結實的上身便整個袒露出來。

金色的髮絲在明媚的陽光下閃閃發亮，除了那顆帶有魅力的小痣之外，肌膚潔白透亮毫無瑕疵。

他睡覺時大概也不會流口水，一早起來就是如此光彩奪目。他應該連臉都還沒洗，看起來毫無防備的呆萌神情宛如小羊似的溫馴。

那紫色的雙眸看著路易斯，緩緩地眨了幾下，眼神彷彿在等待著路易斯告訴自己現在是個什麼狀況。路易斯於是率先開口：

「非常抱歉，我不是故意要吵醒您的……」

他正想解釋，梅特涅卻伸出手來招了招，示意他靠近。路易斯疑惑地歪頭，但還是乖乖地朝他走了過去。是隔得太遠聽不到嗎？路易斯再次試圖辯解時，梅特涅叫了聲小白兔，接著這麼說道：

「吻我。」

「……什麼？」

「我要你吻我，我想要在早晨被你給吻醒。」

梅特涅再度開口，帶著一個慵懶的笑。睡眼惺忪的臉龐微微笑著，脫口而出的話讓路易斯無言地笑了出來。梅特涅伸出手，輕拉他的手臂催促道：

「快點。」

央求的嗓音聽起來是如此甜美。

這到底是在幹嘛呢——路易斯心裡這麼想著的同時，卻也彎下了腰，就這樣和靠在枕頭上的梅特涅唇瓣交錯。

「……」

柔軟的嘴唇是溫熱的。只不過是稍稍迎合他而已，相觸的唇瓣卻微微顫抖著，就像一個貨真價實的吻。即便他才剛起床，身上卻散發著一股清新的味道。

路易斯在心中暗忖，如果這就是小白兔遊戲的話，確實沒有原本想像中的那麼糟糕。結束一吻，正打算直起腰的瞬間，那雙滿是慵懶和清冷氣息的紫眸忽然閃過一抹精光。

「——！」

路易斯的頭髮被用力揪住，身體被猛推了一把。

砰！路易斯頓時受到足以撼動大床的強力撞擊，將翻湧而上的胃液嚥了下去。他很清楚明白這是怎麼一回事。梅特涅原本溫順地承接著路易斯的早安吻，就在唇瓣分離之際，他抓住了路易斯的頭髮將他摔至床上。

路易斯一下子就想爬起來，梅特涅卻立刻翻坐在他肚子上，壓住了他抬起的肩膀。

「殿下！」

剛才還春風拂面的這個人，此刻卻像是冰天雪地中的暴風雪一般，表情恐怖地俯視著下方。

梅特涅揪起還握在手中的頭髮，湊近了臉龐。

「你身上是哪個女人的味道？」

「咦、什麼？」

他是在說什麼？路易斯不解地反問。

梅特涅直起腰桿，威迫性十足地向下看，瞇著眼冷笑：

「你身上有女人的香水味……是哪個女的？路易斯，難道你昨晚沒有回家？」

那可怕的眼神，彷彿回答是的話，他會立刻掐住路易斯的脖子一樣。

「昨天我有回家……啊，是薩布里娜！」

路易斯想起了不久前被他抱在懷裡哭泣的薩布里娜。身上有沾染到她的香水味嗎？被這麼一說，薩布里娜埋著臉蛋的胸口似乎真的散發出微弱的花香。

「薩布里娜．戴夫？你的副團長？怎麼，你們兩個是在交往嗎？」

「沒有，不是這樣的……」

路易斯突然覺得自己像在被對方質問，他遂即閉上了嘴，揚起頭看著梅特涅。這個男人下

# Chapter.3 ✦ ✦ ✦

身穿著藍色貢緞做成的睡褲，上半身卻是光裸的。路易斯躺在床上，而對方正壓迫式地由上而下臨視著自己。

在這麼一個明媚的早晨，接近光天化日的時刻，一邊感受著鳥兒啾啾的鳴叫聲和輕盈的微風，一邊和對方擺出這種姿勢，顯得特別淫靡不堪。

「……殿下。」

「怎麼了？路易斯。」

路易斯戰戰兢兢地開口，梅特涅回話時語氣傲慢，一副要他有話就直說的模樣。路易斯看了一眼對方赤裸裸的胸膛，又瞥了一下那壓在自己肚子上的胯部。那個在大腿之間、薄薄的貢緞褲子之下碩重的物體……感覺那個物體逐漸變得硬挺，路易斯忍不住嗓子發乾，他吞了一下口水：

「恕我冒昧直言……這樣的姿勢令人不太舒服。」

「會嗎？我覺得很好啊。」

梅特涅露出那又怎樣的表情，厚顏無恥地笑著。他自己明明也能感覺到下身的性器漸漸發硬，怎麼還能夠若無其事呢？路易斯思忖著，以他的思考模式實在是難以理解。

「說啊，為什麼你身上會有薩布里娜的香味？」

梅特涅用手背摩挲著路易斯的臉頰，催促他趕緊給出一個交代。他果然是在質問我，路易斯心想。

「不管我身上有誰的味道，都沒有必要受到殿下的質問。這屬於我的個人隱私。」

「哼……」

梅特涅歪著頭冷笑了一聲。

雖然早知道他不是那種會回答「沒錯，你說得對，這是你的私生活」，然後乖乖讓步的那種人，但路易斯沒預料到對方會因此露出這麼恐怖的神情來。

梅特涅用冰冷如寒霜的視線注視著路易斯的脖頸。

「那麼這算是公事嗎？」

「……」

他動手解起了路易斯衣服的鈕釦。路易斯不由得抖了一下，蹙起眉頭。

「殿下，那個……」

梅特涅啪啪地打開了襯衫的釦子。

「你來到這裡的原因是什麼呢？小白兔。」

「……不是殿下您要我來的嗎？」

是他說要用自己當小白兔的替身。雖然曾表明會和自己接吻、做一些親密的事情，但可沒說會突然表現得像個善妒的丈夫一樣。

# Chapter.3 ✦ ✦ ✦

「是因為我要求你才來，只是按照我的吩咐在行動而已，這樣算是公事了，對吧？」

見路易斯回答不出來，梅特涅撫摸著路易斯後頸那個他昨晚留下來的牙印，一邊開口道：

「那麼我們應該要叫書記官過來留下公文紀錄才行。」

他要做什麼？在路易斯張目結舌之際，梅特涅已經伸手搖響了床頭的鈴鐺。

叮鈴。

短促的鈴聲才剛響起，一位低著頭的侍從立刻開門走了進來。

「您找我嗎？」

上了年紀的侍從僅僅抬眼往床的方向瞄了一眼，正好和急欲起身的路易斯對上了視線。一股熱氣從路易斯的後頸轟地燒了上來。

「叫書記官過來。」

梅特涅簡短地吩咐著，路易斯趕緊抓住了梅特涅的手臂制止：

「不！不用、請等一下！」

差點就要喊出「您是瘋了嗎」這種大逆不道的話，路易斯好不容易才忍了下來。

「怎麼了？既然是公務上的事情就需要書記官來紀錄，要是做了什麼不能留下紀錄的事可是會形成弊端。這麼理所當然的事，你為什麼要阻止呢？艾力克斯爵士。」

「……」

「還是說這算是私生活的部分？」

梅特涅彎下腰，挨近他的臉，試探地詢問。

「……是私生活。」

路易斯嘆了口氣，投降地說道。

梅特涅隨即朝著門口的方向擺了擺手，站在那裡待命的侍從於是彎腰行禮，靜悄悄地關上門出去了。

房內瀰漫著一股靜謐的沉默。

梅特涅用手掌包覆在路易斯僵住的臉頰上，露出了很好看的笑容。

「現在應該可以問你了，你的私生活除了我以外還有其他人嗎？」

「……沒有。」

路易斯回答時刻意忽略了腦海裡一閃而過的那些面孔。跟威頓公爵是說了自己會再考慮的，除此之外就沒了……應該吧。總之目前暫時是沒有的。

聽到他的回答，梅特涅開心地發出輕笑，那雙美麗的笑眼整個彎了起來。

……還真的是很美啊，路易斯忍不住這麼想。

將內心的想法壓了下去，路易斯開了口：

「有一名女性在昨夜凌晨失蹤，至今下落不明，推測有可能是此次連環殺人犯所為，我希望能以最快的速度抓到那個兇手。」

現在每分每秒的流逝都是在浪費時間，路易斯已經心急如焚了，他不知道他為何還必須用這麼尷尬彆扭的姿勢待在這裡，為何偏偏是在梅特涅的寢室、在他的床上？

「只要你願意好好配合，我可以協助你盡快抓到兇手。」

「配合你是指……」

「任何時段都可以，每天在我的寢室裡至少要待一個小時以上的時間，」

梅特涅貼在路易斯的耳邊竊竊私語：

「看是要早上還晚上，或者半夜也可以。」

噴在耳邊的氣息讓路易斯的肩膀哆嗦了一下，他抬起頭來看著梅特涅。

什麼時候都行，每天要來他的寢室待一個小時？

「我為什麼得這麼做？」

「因為你答應說要當小白兔的替身啊。」

梅特涅又高興地笑了。

路易斯心想，他說要吩咐我做原本想叫小白兔做的那些事情，是否是想趁機透過各種方法手段來折磨我的一種迂迴說法？

「我要是每天都來這裡，那些好事之徒們可要開心了。」

竟然要人天天到皇太子的寢室裡來，是打算讓人被扣上怎樣的醜聞帽子？光是一起在露台待了一下子，就成了被所有報紙撰寫成淫穢小說的局面。

「這正是我想要的結果。」

聽到梅特涅說他是特意促成那樣的結果，路易斯微微嘆息。雖然本來就有猜想到可能是如此，但是親耳聽見他承認，還是免不了要嘆氣。

「欺負我有這麼好玩嗎？」

為了要害自己身陷醜聞，梅特涅竟不惜自願成為鬣狗的餌食，到底是有多討厭自己才有辦法做到這樣子？

見到路易斯在嘆氣，梅特涅似乎覺得好笑，微微地揚起嘴角。

「……」

每當他露出笑容，那雙漂亮的紫眸就散發出更加晶瑩透亮的光芒。如此近距離的觀看，簡直就像稀世珍貴的寶石一般，路易斯一時之間失了魂似的看著那雙眼。就在這時，梅特涅側首俯身而下，吻住了路易斯的嘴唇。

啊！

路易斯稍微擰起眉，眨了眨眼睛。

和剛才不一樣，梅特涅的嘴唇柔軟地觸碰在路易斯的唇上不肯分開。輕輕的，唇尖變換著角度，舔了好幾下路易斯的唇瓣，再輕柔地吮吻一口。那小心翼翼摩挲的觸感讓嘴裡的口水不斷分泌。

……這實在是有些危險……路易斯和梅特涅那雙滿載作弄之意的眼睛對視時，他不禁這麼想。

梅特涅的吻比想像中的還要舒服。即使頭腦不停在警告著自己，但那溫熱唇瓣輕淺的觸碰，卻十足地甜蜜魅惑。

這個吻如此撩人，卻又淺嘗即止。舌頭輕掠過唇縫，刺激著路易斯的欲望，卻不會過於猛烈。這是一個溫柔的吻，比起舌頭，更多的是唇瓣與唇瓣的接觸。心臟在愉悅地跳動著，緩緩熱燙了起來。

明明是和一個不怎麼喜歡的人肢體接觸，竟然也會產生這樣的心情。路易斯搞不懂是因為梅特涅的臉是自己喜歡的類型，還是因為他的吻技太過優秀，抑或是自己其實默默地感到寂寞而不自知。

路易斯的身體慢慢升溫開始發熱，隨著梅特涅發出輕聲喟嘆，他的唇也離開了路易斯的。

梅特涅快速地舔了舔下唇，才剛離開的那張嘴在躺著不動的路易斯臉頰、眼皮上方以及額頭上輕吻著。彷彿是在親吻心愛之人那般的柔情蜜意。

路易斯抬起視線和梅特涅對望，他停頓了一下，咕嚕一聲，將盈滿在嘴裡的唾液給嚥了下去。

「……」

梅特涅望著自己的眼神並不像在看著一個極度厭惡之人，總是冷若冰霜的那雙眼現在宛如浸了糖漿似的甜蜜。

「就這樣待一個小時就好，外面就讓他們盡情喧鬧去吧。」

梅特涅一邊說著，一邊將路易斯的腰身摟進懷裡，蓋上了被子。他的手臂摟得很緊，像是不讓他有機會逃脫似的。

可能是還沒睡夠，沒一會他就已經闔上眼皮，發出均勻的呼吸聲。

「唉……」

路易斯看著梅特涅抱著自己入睡的模樣，短短地嘆出一口氣。

那個逃走的小白兔，會是梅特涅的情人嗎？

路易斯回憶著方才梅特涅那雙濕潤又甜美的紫色瞳孔，忍不住在心裡猜想著。從他吻上來的那一刻起，路易斯就瞭解到，所謂的「小白兔」指的是某個人，而非真正的動物。早有預感對方是透過自己在看著某個人，路易斯並沒有過於意外，但他沒想到那個對象竟會讓梅特涅露出如此深情款款的眼神。

是情人，還是單戀的對象？……竟然把梅特涅和單戀這個詞放在一起，真是個令人起雞皮疙瘩的組合，一點都不適合。

會是舊情人嗎？以前沒聽過他喜好男色的傳聞啊。那麼，會是個和自己外表相似的女人嗎？

路易斯再次瞄了一下梅特涅熟睡的面龐。看起來潔淨又單純無害，正如同畫中的天使一般。縱使知道他的性格是多麼地扭曲、個性是多麼地惡劣，那闔上眼簾的雙頰和飽滿緊閉的雙唇，看起來真的是頗為賞心悅目。

……這個人的個性要是能有他外表一半的一半那麼好的話，想必那小白兔也不會落跑了吧。光看他身邊總是不缺乏女人圍繞，大概就能知道世上的女子們心胸有多寬容了。

和梅特涅在一起，只要結了婚就是太子妃，年紀再大一點甚至可以當上皇后。梅特涅卻把人逼到連如此誘人的地位都可以放棄不要，選擇離他而去。到底是對她做了什麼壞事導致出這番結果，連一向對八卦緋聞提不起興趣的自己都感到好奇了起來。

路易斯暗自欣賞著眼前如一塊蛋糕般甜美的美貌，隨後抬起視線，看了下牆上時鐘所顯示的時間。

十點五十二分。待一個小時的話，最晚應該在十二點之前可以離開這個房間。

「……」

一個小時，並不算短，路易斯也闔上了眼皮。由於昨晚幾乎沒什麼睡，路易斯幾乎是瞬間就墜入了夢鄉。

路易斯猛然抬起頭。周圍是一整片的花海。他不知道自己是何時來到這裡的，還有幾隻鳥兒在一旁繞著他打轉。他再次回首一看，又是孔雀，又是河鹿，這些彷彿從童話故事裡走出來的動物們正平和地坐在花田裡休憩。

這裡是什麼地方？我怎麼會在這裡呢？路易斯思考著，想起了自己在梅特涅的寢室裡被他摟著腰閉上眼的記憶。

『……』

這是夢嗎？

路易斯環顧著四周。花田之外的地方模糊朦朧的，確實有種如夢似幻的感覺。要說是夢境，一切又過於鮮明，但說不是在作夢的話又有點奇怪。路易斯在附近徘徊了一下，突然感覺腳踝上纏到了什麼東西，他低下頭查看。

『……？』

生平從未見過的美麗花朵正開在他腳旁。

平常對花草明明不感興趣的，但這朵花是如此華美豔麗，讓路易斯無法移開視線。花瓣末端渲染著淡淡的紫，花蕾雖大，卻不失清純秀淨。光是稍微走近，就能感受到一股甜美清新的香氣在飄動。

路易斯偷覷了一下周圍，鳥兒、河鹿、孔雀，全都一副若無其事的樣子，宛如他們也都同意，要他快快將花朵摘下。

路易斯眨了一下眼睛，彷彿被吸引似的伸出了手。

『……不行。』

他默默鬆開握著花莖的手。

就算摘下來了也無處可放。他既無法得知宅邸有沒有花瓶可以插這麼漂亮的花，也不喜歡看到美麗的花兒凋零的模樣。要擅自摘下這看起來如此珍貴的花朵，路易斯內心也有些不安，畢竟隨意觸碰不屬於自己的東西，有可能會落下什麼把柄也說不定。

一定有其他更愛護這花兒的主人吧。路易斯的手離開了花莖，正要起身，那些剛才佯裝沒看見他的動物們這時全都朝他看了過來。原本像童話故事裡的場景那般平靜溫和的動物們，竟然都一臉驚愕地看著路易斯，而且還默默地離他越來越遠。動物們一陣嘰哩咕嚕的，彷彿在議論著路易斯怎麼可以這麼冷漠無情。

『……』

什麼啊，這是他應該要摘下那朵花的意思嗎？路易斯雖然覺得莫名其妙，但他還是繼續移動著腳步。現在不是在這邊蹓躂的時候。

……雖然想不太起來，但他分明有正事要做。似乎有誰正在等待著他。

正當路易斯匆忙地抬起腳步時，他發現他的腳動彈不得，有什麼東西抓住了他的腳踝。

路易斯這才發現，整個世界在不知不覺間暗了下來。他抬起頭，原來不是開玩笑的，真的是天地變色，晦暗不明。他環視周遭，花田已消失無蹤，只剩下一片荒漠，動物們早就跑光光了。

『呃……』

路易斯看著突然出現在眼前的龐然大物。

巨大到足以遮天蔽日的……老天爺，這是一隻龍！

路易斯躊躇著想要後退，卻原地摔倒下去。不，他最終沒有摔倒，只是搖搖晃晃地站不穩。因為那隻巨龍正緊緊巴著他的一隻腳踝，或者說是巴著他的一整條腿。巨龍像是纏著他不放一樣，用一隻手指勾住他的腿，靜靜地俯視著他。巨龍看起來不像是在考慮要吃他。那溫馴的眼尾乖乖地下垂著。

路易斯猶豫了一下，才開口問道：

『那個，可以請你放開我嗎？』

聽到路易斯的提問，龍的眼睛瞬間瞪大，眨巴了幾下。

『我有點急事……』

雖然想不起來是什麼事了，但印象中似乎很是緊急，聽見他再次開口，龍的眼睛再度閉上然後張開，就在這一刻，一滴巨大的水珠啪嗒一聲從天而降。

『……呃』

啪嗒、啪嗒。

龍就這樣抓著路易斯的腳，圓滾滾的眼淚大顆大顆地落下，好似碰上了什麼令他傷心不已的事情。看著巨龍淚流滿面，眼神充滿著哀怨，路易斯不由得嚥了嚥口水。

『……』

真的該走了……路易斯卻說不出拒絕的話語來。他默默地抬頭望向巨龍，巨龍只是一個勁地哭個不停。

不知為何，路易斯的心情感到有些奇怪。

◆ ◆ ◆

「——！」

感覺到後頸傳來一陣刺痛，路易斯登時睜開了雙眼。

「睡得好嗎？」

路易斯看著那個在他脖頸下方帶著慵懶微笑的紫色眼眸，露出一臉迷茫的模樣。他一時之間分不清究竟剛才見到的場景是在作夢，還是現在的他才是在夢裡。

「啊！」

自己在梅特涅的寢室裡睡著了！見到梅特涅愉悅彎起的眼眸，路易斯才意識到這邊是現實。

「現在幾點了？」

「嗯……差不多四點？」

聽到梅特涅的回答，路易斯趕緊轉頭確認牆上的時鐘。

四點五十分。

我的天啊，只是打算稍微小憩片刻而已，沒想到睡了這麼久。

路易斯猛地起身，慌張到背上都冒出了汗來。在不確定被害者是否還活著的情況下，居然睡得這麼熟，甚至還睡到作夢的地步。就算自己最近的生活總是有點脫線，也不該這麼誇張。

路易斯隨意扣上被解開的衣服，草草打聲招呼就要衝出梅特涅的寢室。

「在你睡覺的時候，你那忠誠的副團長已經和傑克帶著團員到周邊去探查了一遍——」

背後傳來的聲音讓路易斯佇立在原地。他一回頭，就看到梅特涅身著制服，穿戴整齊地跟在他身後走了出來。與頭髮蓬亂的自己不同，他完美的髮型沒有一絲的凌亂。

「您已經收到報告了嗎？」

Chapter.3 ✦ ✦ ✦

「沒錯。」

「到底為什麼不把我叫醒呢？」

明知睡過頭是自己的過錯，怪不了別人，心情鬱悶的路易斯還是忍不住追問。邁著大步走來的梅特涅伸手撫上了路易斯的頭髮，一邊問道：

「你吃早餐了沒？」

「什麼？」

他的問題讓人摸不著頭緒。然而梅特涅幫路易斯把凌亂的髮絲塞至耳後，繼續說道：

「你因為在睡覺所以跳過了午餐，而現在快到晚餐時間了，但我猜你根本就不想吃吧？」

「……簡單吃點東西就可以了。」

「我一看就知道，你吃飯都隨隨便便，腰瘦得跟女孩子一樣，晚上也沒好好睡覺，眼睛底下都是黑眼圈。搜查明明沒有半點成果，你卻要我在這樣的情況下，硬是把你叫起來？」

梅特涅的聲音像是在哄小孩子那樣溫柔。

「我有必要這麼狠心地對待你嗎？」

「……」

路易斯心想，平常就已經夠狠心了吧。四個月以來送去的公文都聲稱沒有收到，這個裝模作樣的男人到底在說些什麼呢？路易斯皺起眉頭，梅特涅那隻替他整理頭髮的手便在路易斯的臉頰上輕輕拍了拍。

「昨天是為什麼沒睡好？」

「……」

對於梅特涅歪著頭提出的疑問，路易斯默不作答。總不能告訴他是因為和他接了吻，或是被威頓公爵表白，滿腦子都在想著這些事情所以睡不著覺吧。

「殿下，搜查真的沒有半點成果嗎？目擊者或是類似的任何線索……」

路易斯一轉移話題，梅特涅便用一種「今天就先放過你」的眼神看著他：

「目前為止是沒有。」

他露出一個慵懶的笑容接著說道：

「直接去看看不就知道了，既然被害者最後被目擊到的地方是酒館，我們去那邊調查，順便用個餐吧。」

梅特涅拍拍路易斯的肩膀，越過了路易斯率先向前走去。

路易斯眼睛睜得大大地問著：

「殿下是要和我一起去的意思嗎？為什麼？」

梅特涅這時一把牽住他的手，把他拉到身邊來，帶著融化人心的微笑：

「因為感覺就像是在約會啊。」

路易斯只能發出一聲乾笑。

縱使皇太子擔任著警備團團長的職務，這麼多年來，路易斯從沒聽說梅特涅本人有親自參與過任何搜查或是維護治安的工作。他不認為梅特涅是真心覺得，要去調查一個被綁架、說不定是連環殺人案的被害女性，心情會真的像是去約會一樣的愉悅。

被梅特涅這樣牽手拉著走在路上，路過的所有人的目光都朝向他們投射而來。在皇太子的寢室裡打滾了六個小時還不夠，竟然明目張膽地手牽手在大街上行走——這個瘋狂的皇太子看來是覺得「兩人同床共枕」這樣的內容還不夠勁爆，或許是希望見到「兩人大方地在街上甜蜜約會」這樣的報導或傳聞出現。

單純只是想折磨人的話，這種手段也太奇妙了。雖然醜聞鬧得沸沸揚揚的確令人心煩意亂，但梅特涅應該也知道，自己不是會為了這種事深受其苦的性格。

難道還隱藏了什麼其他的用意嗎？

路易斯雖然不是第一次覺得梅特涅的行動難以理解，卻是第一次對於他的意圖感到好奇。

# CHAPT. 4 解開謎團

匆匆趕至紫丁香酒館，路易斯才知道梅特涅說的話沒錯，白天的探查結果一無所獲。

別說是目擊者了，就連她最後出現的紫丁香酒館都沒人知道她確切的下班時間。

「就說我不知道了嘛，我交待她說沒客人的話就可以收一收早點下班，然後就先回去了。每天都是她在負責關門的，通常是十二點到一點左右，最晚也會在二點以前結束。」

紫丁香酒館的老闆同樣的話不知道回答了多少次，已經講到厭煩，熟練地複誦出一長串。

「是這樣子啊。」

路易斯默默點了點頭，並環顧著酒館裡的陳設。

紫丁香裡沒有半個客人。雖然還不到來客最多的時段，但是薩布里娜和警備團的人員們白天在這裡進進出出的，似乎害酒館裡的氣氛更加沉重了。

關於艾米莉有沒有交往對象、是否有交惡的同事或是財務上的問題，這些薩布里娜和其他警備兵應該都已經確認過了。與其在這裡逼得波特像隻學舌鸚鵡複誦著一樣的答案，不如離開酒館去和薩布里娜碰頭還更好一些。

路易斯嘆了一口氣，回頭一看，開口問梅特涅：

「……您在做什麼？」

梅特涅正在輪流試坐著酒館裡的每個座位。

「我在看要坐哪裡好。」

「隨便坐哪都……不是，殿下真的要在這裡用餐嗎？」

路易斯見梅特涅選了一個暗暗的角落位子落座，不可置信地問道。

紫丁香並不是那種破舊的酒館，但也算不上是高級的餐廳。雖然離皇宮很近，但畢竟是在小巷子裡隨處可見的那種小酒館，提供的餐點當然也很一般。

他打算吃那種庶民食物嗎？

「來這裡坐吧，你要吃什麼？」

「我……沒什麼食慾。與其在這裡吃飯，還不如去外面繼續搜查線索。」

路易斯剛說完，梅特涅托著下巴噗哧地笑了。

「來到餐館卻什麼都不點是很失禮的。」

梅特涅斥責路易斯怎麼沒有這點基本概念，隨後把站在路易斯身後的老闆波特給叫了過來。

「您需要什麼呢？」

波特從剛剛就一直用好奇的日光偷偷瞥著梅特涅，思忖著這個氣質高貴的男人到底是何方神聖。因此，他一聽見對方呼喚，人立刻來到了梅特涅面前，彎腰彎到了膝蓋的位置。梅特涅對於他人這種卑躬屈膝的反應早已習慣，用著一臉再當然不過的表情說道：

「上菜。」

「咦？您、您想來點什麼？還是我先拿菜單讓您看看？」

「不用了，有什麼餐點全都來一份。種類多一些，說不定能找到一項合胃口的。」

梅特涅就像個世上最傲慢的客人，一邊看著路易斯一邊說道。

這句話顯然是說給不點餐的路易斯聽的。

「……」

他在桌上叩叩敲了兩下：

「坐吧，我已經吩咐他們，有任何新的消息或線索都要到這裡來報告。」

波特像是擔心路易斯會取消點餐似的，一溜煙地逃到裡面去了。他今天一整天都在趕蒼蠅，沒什麼客人上門，大概是想趁此機會做足今日的生意。

路易斯又環視了一圈，才在梅特涅對面坐下。這是他第一次和梅特涅面對面坐在這麼小的一張桌子上，實在有點尷尬。路易斯裝作若無其事地望著梅特涅，梅特涅則是托著下顎直勾勾瞅著路易斯看。

「……我的臉上有沾到什麼東西嗎？」

快被如此直接的視線給灼傷，路易斯於是開口詢問，梅特涅忽地朝他伸出手來。路易斯一驚，直覺想閃避，對方的手指已經早一步碰到他的嘴角。

「你剛才，」

梅特涅的手在路易斯的嘴角抹了抹，很開心地笑著。

「嘴巴開開地睡覺的樣子真可愛。」

「……」

「你不知道是夢見了什麼，還發出咿咿嗚嗚的夢囈聲，看來是做了個可怕的夢？」

路易斯揮開他的手，自己擦了下嘴角。他摸到某種乾涸的觸感，還真的是流口水的痕跡。

「不是的，只是……有點讓人難為的……」

明明平常做的夢通常都想不起來，不知為何，剛才的那個夢卻記得一清二楚。

他夢見一隻像座小山一樣大的龍，緊緊巴住自己的腿，滴滴答答地直掉眼淚。那一滴滴的淚珠有夠大顆，現場彷彿下了場雨似的，轉眼就浸濕了地面。牠大大的眼珠子裡充滿了淚水和埋怨的意味，令路易斯不禁感受到一股無來由的罪惡感和歉意。

「你做了什麼夢？」

「沒什麼，不是什麼值得一提的內容。」

他只是難以忘懷那雙濕漉漉的大眼睛而已，夢境裡確實沒有什麼特別令人印象深刻的劇情。

「還真是無趣。」

梅特涅無聊地擺了擺手。

「聽別人講作夢的事，本來就不怎麼有趣的不是嗎？」

應該沒有比別人的夢境更為無聊的話題了吧？既不是真實發生的事，對於現實生活也沒有任何影響。無論是個多麼印象深刻或令人難忘的夢，它終究只是個夢而已。

然而梅特涅卻歪著頭，慢悠悠地說道：

「在你睡覺的時候，我一直好想知道，究竟是怎樣的夢會讓你產生那樣的表情、為什麼你會摸著自己的腿發出呻吟。」

「……」

梅特涅的話讓路易斯驚訝地張開嘴巴，心裡還在琢磨著，問題已經迫不及待脫口而出：

「殿下一直在看著我睡覺的樣子嗎？」

別人在睡覺他一直盯著看？這簡直是戀人之間才會有的深情舉動。

「……那是、」

梅特涅正要回答些什麼時，餐點恰好送上桌來。

烤鴨、辣炒雞肉、厚厚的牛排、紫丁香特製義大利麵和火腿三明治……還有四款不同的飲料和酒類，瞬間擺滿了這張小桌子。

食物盡在眼前，梅特涅用手示意了下：

「快吃吧。」

聽起來像是他要在一旁看著路易斯進食的意思。

路易斯覺得梅特涅今天一整天都很奇怪。雖然他原本就是個特立獨行、令人難以理解的類型，所以沒什麼好訝異的，但平時面對自己總是冷漠沉著的他，今天卻表現得如同一個溫柔體貼的情人一般。

不過，無論是哪一種，同樣都會令人覺得不舒服就是了……

「……」

路易斯在臉上摳了下，嘆出一口氣來。管家霍爾頓的話是對的。路易斯對於這種捉摸不定的類型應付不來，今天特別感覺渾身的不自在。對方要是能像平常一樣對自己冷冷淡淡的，反倒還不會那麼讓人介意。

路易斯看著這一桌多到要擔心桌子會被壓垮的餐點，尋找著是否有自己可以吃的食物。因為是賣酒的地方，基本上大多是可以下酒的餐點，幾乎每一道都少不了有肉類混在裡頭。

雖然沒有路易斯最受不了的豬肉料理，但是桌上濃郁的肉腥味撲鼻而來，路易斯都還沒動手，胃就已經開始在翻滾。他可不想當著皇太子的面露出噁心想吐的反應來。

「……」

他看著眼前的食物發呆，遲遲沒有動作，梅特涅的眼神慢慢冷了下來。隨著他臉上的寒意越來越重，送上餐點的波特也一直彎著腰不敢起身。

「我……最近不吃肉，所以……」

路易斯一邊解釋著，一邊用叉子插起一口牛排旁邊附帶的馬鈴薯沙拉，放進了嘴裡。

「——！」

才剛入口，路易斯倏地站起身。還以為只是單純的沙拉菜，原來裡面摻了小塊的培根肉末，害路易斯胃部突然一陣翻攪。

「路易斯！」

路易斯沒走幾步路，手臂就已經被揪住。他直接癱坐下來，吐出了嘴裡的沙拉，又忍不住乾嘔了幾下，結果只嘔出一點點胃液來。

「對不起，請放開我、」

路易斯擦了下嘴角才抬起頭，差點沒辦法好好說話。

梅特涅緊抓著路易斯的手臂，臉色凝重得可怕。

「……你哪裡不舒服嗎？」

那眼神陰鬱到彷彿告訴他哪裡生病了的話，會立刻一巴掌飛過來似的。紫色的瞳孔激動得發紅。

「沒有，我沒事，殿下也知道，我身體很健康的不是嗎？」

是梅特涅自己說要找一個足夠堅強不會輕易逃跑的人來遞補小白兔的空缺。如果年紀輕輕的警備團團長還不夠身強體健的話，世界上還有誰是健康的？

「最近吃東西都是以蔬食為主，好像傷到了脾胃……真是抱歉，讓您見醜了。」

即使路易斯又是解釋又是道歉的，梅特涅的臉色也沒有和緩下來。他快步走去吃了一口路易斯吃的馬鈴薯沙拉，確認味道沒有異常後，立刻走到路易斯身邊把他整個人扶了起來：

「起來吧，得帶你去給御醫看一下才行。」

「咦？」

他在說什麼？路易斯兩隻腳使勁抵制著手臂上的那股拉力，急忙開口阻止：

「等等，請等一下！」

竟然說要去看醫生，路易斯背後瞬間直冒冷汗。被抓去做檢查的話，很明顯會出現怎樣的結果。彼得因為是自己的好朋友，才會幫忙保密檢查結果，宮裡的御醫可不會管這些，隱瞞中的懷孕事實一個不小心就會傳得人盡皆知。

「我真的沒事，現在正在調查案件的緊要關頭上，怎麼能因為這一點小症狀而小題大作呢。」

「連一口沙拉都吞不下去，反胃得這麼嚴重，要我怎麼相信你的身體健康無虞？你當我是傻子嗎？」

梅特涅厲聲問道。

聽到要看醫生，路易斯光顧著緊張，沒來得及意識到梅特涅超乎尋常的憤怒，他忙著搖頭：

「我已經去檢查過了，身體並無任何異狀。」

「什麼時候做的檢查？去年？前年？」

「不是，就在三天前剛接受了檢查。」

三天前彼得剛替自己做了檢查。除了輕微的貧血和懷孕的事實以外，結果沒有任何異常。

「為什麼突然會去做檢查？」

梅特涅尖銳地指出了重點來。路易斯一時慌張，不曉得要怎麼回答的這時候，有人代替他告訴梅特涅答案：

「因為他在體術訓練的時候昏倒了。」

薩布里娜不知道何時進來的，正一臉淡漠地站在那裡，還有傑克也和她一起回來了。見到她出現，路易斯想迎上前去，卻被梅特涅抓住手臂攔了下來。

「……」

薩布里娜的視線掃向路易斯的頸側，然後移到了抓著路易斯胳膊不放的梅特涅身上。她微微蹙眉，向梅特涅下跪行禮。都還沒開口請安，梅特涅就已經擺了擺手。

「起身吧，妳說的昏倒是什麼意思？」

「就字面上的意思，團長在體術訓練課示範的中途失去了意識。他被醫務隊送去做檢查之後，還即刻回到了團長室繼續出勤，那天也沒下班回家休息。」

梅特涅用冷冰冰的眼神俯視著薩布里娜。

「妳的名字是叫薩布里娜．戴夫？」

「是的，殿下。聽說您公事繁忙，連公文都無暇查閱……」

她目光移至她的團長路易斯身上。

「託您的福，我們團長遭受了不少的罪。啊，或許這正是殿下您所盼望的？」

聽到薩布里娜笑迷迷地這麼說，路易斯臉色鐵青地看向梅特涅，確認他的反應。梅特涅的神情陰鷙非常。

區區一個警備團的副團長，竟敢諷刺責怪堂堂的皇太子殿下，梅特涅的表情像是要立刻下令砍掉她的頭似的。就在路易斯試圖為薩布里娜的無禮謝罪，正打算下跪磕頭的剎那間，那雙陰沉的眼神朝著路易斯射了過來。

「因為我沒有收到你的公文，導致你過勞又斷食，就連暈倒了都還得加班不能回家？」

路易斯要跪不跪的，用蹲伏著的姿勢傻楞楞地反問：

「什麼？不是那樣的……」

「怎麼？難道不是嗎？昨天也只吃了兩三口三明治而已，其他什麼東西都沒吃對吧？就連

Chapter.4 ✦ ✦ ✦

昏倒過後也都沒有休息，在黑漆漆的團長室裡抱著頭苦惱的樣子我都看見了。」

薩布里娜可能是覺得既然話都說到這個份上，好啊，那就不必再客氣，遂火上添油地補上了這麼一句。她似乎已經完全忘了她曾指責過路易斯的話：身為一名騎士，照顧好自己的身體是最基本的要求。用沒胃口這樣的藉口一直餓著肚子，最後還把自己搞到昏厥，確實是很令人失望的作為。

但是吃不下三明治，還有抱著頭煩惱不已的事，這些其實都不是梅特涅的錯，而是因為自己懷孕四個月的關係，而且懷的還不知道是誰的孩子。偏偏路易斯又不能將真實的理由給說出口。

薩布里娜彷彿決定冒著生命危險也要豁出去，嘆了一口氣：

「團長雖然說了只是輕微的貧血，但是我白天其實遇到了彼得。當我向他詢問團長的情況時，他吞吞吐吐地說不出個所以然，然後竟然就跑掉了——真的只是輕微的貧血嗎？團長，真的不是什麼嚴重的大病？」

不對，看來她打算殺的人是我，路易斯心想道。同時，他也感受到梅特涅握著自己手腕的手正在使力。

「不是的，真的只是輕微的貧血而已，我不知道彼得的反應為什麼會那麼奇怪。」

路易斯尷尬地笑著。

「就是說啊，如果沒什麼特別的問題，反應應該不至於這麼奇怪吧？——再怎麼討厭一個人，也不應該斷了他的生路。如果只是影響別人終身大事的程度還勉強說得過去。」

「薩布里娜！」

路易斯嚴肅地喝斥一聲，她僅是聳了聳肩。

「您先把您的釦子扣好再說，用那副模樣在外面奔波來去的，別說是影響終身大事了，就算是被指責不知檢點您也無可反駁。」

路易斯連忙攏起了襯衫衣領，這才想起不久前在梅特涅的寢室清醒過來的前一刻，脖子上傳來的那一絲痛意，不用看也知道脖頸處是成了哪一副模樣。嘴角有口水的痕跡，脖子上還有吻痕，簡直是到處去嚷嚷著自己剛才和人歡愛了一場。即便是平常不太注重外表打扮的路易斯這下子也覺得侷促慌張。他急急忙忙地扣上釦子，事情卻沒有就此結束，背後傳來了梅特涅冰冷如霜的嗓音：

「路易斯．艾力克斯爵士，」

不是叫他路易斯，也不是喚他小白兔。那是皇太子在呼喚帝國騎士的聲音。

「我好像對爵士犯了一個大錯。」

「不是的，殿下怎麼這麼說呢，小的實在惶恐。」

路易斯想要下跪，梅特涅卻抓住了他兩隻手臂，和他面對面相覷著。說話的語氣明明如此冰冷，梅特涅的臉上卻是帶著笑容，令路易斯感到更加的畏懼，連尷尬的假笑都擠不出來。

Chapter.4 ◆ ◆ ◆

「我沒想到你會辛苦到吃都吃不下、睡也睡不好——還患了嚴重到連醫生都無法透露只好倉皇逃走的疾病？」

「不是的，不過是輕微的貧血罷了，都怪我沒有好好管理自己的身體健康狀況。」

「不對吧，薩布里娜不是都這麼說了嗎？難道她是用無中生有的事情來怪罪我嗎？」

「那個是、」

要是再繼續否認下去，梅特涅肯定會把矛頭轉而指到薩布里娜的身上。就在路易斯啞口無言之際，梅特涅說話了。

「在追捕這次連環殺人犯的期間，我承諾將會給予你全面性的支援，不僅僅是擔任協助而已，有任何需要只管提出。你想要的話，就算動用整個警備團的人力也可以。」

「真的嗎？」

路易斯瞪大了眼睛看著梅特涅。他不可能只因為薩布里娜賭上性命的諷刺言論就這麼輕易地被感化啊，他不是那種慈悲為懷的性格。路易斯一臉不可置信地望著他，梅特涅這時抬起手，撫上路易斯僵硬的臉頰。

「還有，下屬體能衰弱是我的無能。然而我若是見不到你，是要如何知道你有沒有吃好睡好呢？」梅特涅語氣誇張地一邊嘆息，一邊輕輕拍了拍路易斯的臉蛋。

「我必須確認你三餐是否正常，睡得可有安穩才行。」

「咦？」

不明白他是什麼意思，路易斯眨了好幾下眼睛。梅特涅繼續說道：

「不只是一個小時，而是要每天在我面前吃飯睡覺，直到我覺得你身體變得足夠健康為止。」

在他面前吃飯睡覺？

「……恕我冒昧，這聽起來怎麼像是我要在殿下用膳的時間一同進食，在殿下的寢室與您一同入睡呢？」

「不愧是我的小白兔，真是聰明過人啊！就是這個意思，路易斯。」

梅特涅一邊回答的同時，幫路易斯合上了他快掉下來的下巴。

「每天讓御醫檢查你的身體狀況，有任何問題就看是吃藥還是休養，我會一直盯著直到你完全康復為止。」

路易斯聽了大驚，猛烈地搖頭表示拒絕。

「不、萬萬不可。」

「為什麼？」

路易斯原本就不擅於找藉口，雖然臨機應變的能力不弱，但按他的個性也無法滔滔不絕地說謊。路易斯只好發揮出他所有的小聰明說道：

「如此打擾殿下的時間，這樣太不像話了。再加上現在都沒抓到兇手，還有受害者被綁架，

## Chapter.4 ◆ ◆ ◆

所有人都在努力奔波，把握一分一秒盡快逮捕兇手歸案的情況下，怎麼可以只顧著我一人的身體狀況呢，這未免太不合理，絕對不能這麼做。」

路易斯死命地搖著頭。

梅特涅由上而下直視著路易斯的臉，路易斯也不認輸地與梅特涅直接相對望。

「外面有什麼新線索嗎？」

梅特涅向薩布里娜和傑克詢問，視線卻固定在路易斯身上。

「這附近並無尋獲任何跡象。隔壁店家的證詞是說酒館大約是在一點關的門，但連那個人都說沒有見到艾米莉回家。」

薩布里娜說著說著，嘆了一口氣。傑克看著筆記本，補充說明道：

「比較特別的是，幾天前在發現科林佩普特屍體的雜貨店附近，有人看到了一輛形跡可疑的馬車。馬車外觀是相當普通，由於雜貨店的巷子又髒又窄的，平時幾乎沒什麼人在出入，但那輛馬車卻在那裡停了一會才離開。當然也可能是多疑了，只是目擊者還是覺得有點奇怪。」

發現屍體的小巷子小到可以稱為間隙了，就連住在那裡的人們，除了去商店後頭丟垃圾以外，沒事根本不會到那裡去，外人就更不可能在那邊進出了。那輛馬車卻在那裡待了一陣子才走。

「如果那真的是兇手，他果然是用馬車在搬運屍體。」

聽見路易斯這麼說，傑克點了點頭。

「據說是一輛掛著黑色帳篷的雙馬馬車，因為這種馬車看似少見卻相當普遍，要搜查出來似乎需要花上一些時間。」

「而且也還不確定兇手是否只有一輛馬車在行動……總之，我們必須先確認其他屍體的發現地點是不是也有人見到類似的馬車。」

路易斯聽了薩布里娜的發言後點頭表示同意。有三具屍體被棄屍在七號街，兩具則是被丟棄在五號街。兇手棄屍的地點未曾有過重複。雖然本來就有猜想到兇手可能是利用馬車來搬運屍體，現在能透過馬車的外觀得以縮小搜索範圍的話，也算是一個很不錯的進展。

「這附近有人看過那樣的馬車嗎？」

向前跨出一步的梅特涅如此問道。

「沒有，關於艾米莉的案子沒有找到任何線索。」

傑克將視線從他的記事本上抬了起來：

「她在一點鐘關了店之後就消失了。沒有目擊者也沒有留下蹤跡——就像是在這個世界上蒸發了一樣。」

不管是傑克，還是在他身旁的薩布里娜，兩個人都沉著臉。

「這附近有旅館嗎？或是倉庫之類的？」

「有的，隔壁棟正是一間旅館。我們已經詢問過旅館老闆，但是他說沒有見過長得像是艾米莉的女人。」

「嗯，應該是吧。」

梅特涅喃喃自語著，走向了方才和路易斯坐著的位子上。那是個偏遠的座位，遠到讓人忍不住想問幹嘛坐到那麼遠的地方去。他用手背在桌上叩叩敲了兩下，問道：

「昨天晚上，最後一個坐在這個位子上的人是誰？」

◆ ◆ ◆

藍玫瑰旅館的老闆泰米爾打了一個大大的哈欠。這家旅館本來客人就不多，由於價格低廉的緣故，一些遊民會來此停留，但是沒有當地人願意來住宿。地點位於五號街過渡到四號街之間，靠近商店街盡頭的位置。要說有什麼常客，頂多就只有尋找幽靜之處搞不倫的情侶罷了。

事實上，旅館內的寢具和房間他根本沒有好好管理，現在其實該是他起身整理客房空房間的時候，但是他只要再多坐一下，負責夜班的員工艾迪就會來打掃了。

泰米爾又打了一個哈欠，在櫃檯上趴了許久。秋日涼爽的天氣讓眼皮自動地闔上。反正玄關大門上掛著門鈴，有人進來的話自然會發出聲響。都這個時間了也不會有什麼人來的……

噹啷！

就在泰米爾認為不會有人進來的瞬間，前門上的鈴聲驟然響起。

「歡迎光、啊，又來了啊？」

一股腦抬起頭來的泰米爾，一看是幾個小時前剛來過的警備兵們，皺起了眉頭來。

「還有什麼事嗎？要找那個小姐的話我是真的沒見過。」

泰米爾是認識隔壁紫丁香酒館的員工艾米莉．寇里的。聽到她不幸失蹤的消息，他也覺得惋惜。所以之前那兩名警備兵來調查的時候，他雖然覺得煩人，卻也老老實實地回答了他們的問題。

「是的，我們可能需要再多做一些調查。」

回答泰米爾的，是這附近所有人都認得的一張面孔，也就是此轄區警備團的副團長傑克。而在他身後，跟著走進來一名戴著相似肩章的女人及一群男子。每個人都面色沉重，在最後頭進來的，是一名身材高䠷的男子和一位長得高貴無比、貴氣到簡直無法踏進如此破舊之處的男人。

泰米爾心想，天哪，他還是第一次見到這般的美人。那一頭閃亮亮的髮絲金到發白，和附近妓女去染的俗氣金髮完全是不同的等級。

「我、我們旅館發生什麼事了嗎？」

「我想看一下旅客名單，還有……」

那個美麗的男人一開口，傑克便在櫃檯上砰砰拍了兩下。泰米爾立刻迅速地將旅客名單交

# Chapter.4 ✦ ✦ ✦

給傑克，傑克再恭敬地遞給男人過目。一看就知道，男人的位階是遠遠高於傑克之上的。傑克的上司……也就是第一警備團團長？那不就是皇太子了嗎？

「晚上也是你上班嗎？」

男人隨意地瀏覽著名單問道。

「不是的，夜班有另外僱人……」

就在泰米爾說話的當下，門上懸掛的鈴鐺再次響起噹啷的聲響，有人開門進來。是艾迪，那個泰米爾等了一整天的夜班值班員工。

「老闆我來了──」

艾迪或許也察覺到旅館裡的氣氛有些不對勁，話尾自動地消了音。翻閱著名單的男人看都不看他一眼，直接問道：

「看來你就是那個值夜班的員工？」

剛進來的艾迪一臉不明所以地呆呆點頭：

「是的，晚上是我在這邊工作……」

「昨天在這裡住宿的客人當中，有人帶著女人回來嗎？」

「咦？……不、不太清楚，我是沒看到……」

他回答問題的這副德性，就算是泰米爾也覺得毫無可信度。果不其然，正在翻閱帳簿的男人抬起頭來看向了艾迪。那雙神秘的紫眸眼神鋒利無比，讓泰米爾莫名感覺一陣提心吊膽，緊抓著櫃檯的邊緣。

男人眼眸微彎，笑著問道：

「你沒看到？」

艾迪神情緊張，腳步躊躇著欲向後退，面前的警備兵從他兩側架住了他的身體。

男人歪著頭，面上帶著微笑，用慵懶的嗓音詢問：

「仔細地想清楚再回答——昨天晚上，有客人帶著女人回來嗎？」

艾迪這次開不了口。

目前有客人入住的房間只有三間：二〇七號房、二一一號房、三〇一號房。

路易斯沒有進一步追問是哪一間客人帶女人回來，直接就衝上樓去。不管是誰都看得出來，夜班員工的神色太過可疑。

「昨天晚上，最後一個坐在這個位子上的人是誰？」

當梅特涅向紫丁香酒館的老闆波特詢問時，他深思了好一會才啊了一聲：

「坐在那裡的人是里克！他每天都坐那個位子，昨天也是一樣。」

「里克是誰？」

問話的人是路易斯。他畢竟算是紫丁香的熟客，這個名字他卻沒有聽過。這個人也是常客嗎？

「他叫里克·威爾，是個表演木偶戲維生的流浪漢。從上個禮拜開始，總會在深夜來到店裡，坐在那個位子吃他的晚餐。通常他都是在十一點左右到酒館的，昨天他來得比較晚一些。」

「那個傢伙住在附近的旅館嗎？」

對於梅特涅提出的疑問，波特遲疑著答道：

「呃……應該是吧？」

看來是有聽過他提到他住在這附近。藍玫瑰旅館因為房費便宜，遊民們本來就經常在這裡過夜。

路易斯突然間想到了什麼，訝異地看向梅特涅，後者帶著懶散的笑意解釋道：

「這個位子的視野最好，不管是服務生從櫃檯端出餐點，或是回到櫃檯，都看得一清二楚。要監視某人又想避開他人注意時，這裡就是最佳的地點。」

梅特涅一邊說著，一邊拉開他剛才坐的那個位子的椅背。

「如果是我對服務生心懷不軌，那我會選擇坐在這個位置。」

說到心懷不軌這四個字的時候，梅特涅是盯著路易斯的臉說的。

「每天深夜來到店裡，假借吃飯的名義窺視著對方。」

梅特涅的視線掃視著路易斯的全身，從頭到腳，繼而再由下往上。那道目光黏著而頑強，宛如一名跟蹤狂。他說話時的語調散漫，像一隻肉食動物在朝向牠的獵物靠近，悄悄地走到了路易斯身邊。

「我應該會在一個最不引人注目的時刻起床，等待著適當的時機。然後選在離開這座城市的前一天，或是大前天……」

一隻手摸在路易斯的後頸，讓他擰起了眉頭。梅特涅那隻手準確地按在自己留下齒痕的地方，讓路易斯感覺到刺痛的同時，也感覺到對方指尖的一絲涼意。

「我會坐在位子上一直等到最後。」

「您在說什麼？」

路易斯揮開他的手，卻見梅特涅朝自己微微一笑，眼神帶著一抹說不上來的偏執。

「直到兩人單獨相處的那一刻。」

直到兩人單獨相處的那一刻，紫色雙眼挪不開視線地深深凝視著路易斯，讓他覺得彷彿體會到了被害當事人的心情，唇舌乾燥地嚥了嚥口中的唾液。

「見過那個里克．威爾了嗎？」

聽見梅特涅提問，傑克將手中的記事本翻了一頁。

「上午見過他了，他說自己沒待到那麼晚，在那之前就已經吃完飯離開了。問他最後一次見到艾米莉是什麼時候，他也說不知道。說他沒有特別在意那些事情，所以連最後是誰替他送餐的他都記不清楚。還說他離開酒館的時候，裡面還有一兩桌的客人在……」

翻看著記事本的傑克抬起了頭，露出一個失望的苦笑。

「這個男人說他很快就要離開此區了，所以不能和我們聊太久。」

雖然還不知道里克．威爾究竟是兇手還是最後的目擊者，不管如何，這個人似乎語帶保留，並未供出所有實情。

旅館的旅客名單上並沒有里克．威爾的名字。但是利用他的外觀特徵在附近訪查時，得到了他正投宿在藍玫瑰旅館的證詞。因此，里克．威爾，或是他填在帳簿上的名字，其中有一個一定是假名。或許兩者都是化名也說不定。

使用假名的流浪漢有非常大的機率會是犯罪者。

砰砰砰！路易斯讓薩布里娜和傑克到三樓去，自己來到二〇七號房的門口敲門。裡面傳來好一陣子的窸窣聲後，門忽然打開，一名中年男子走了出來。對方可能以為敲門的是旅館老闆，一見著路易斯的臉，立刻驚慌失措地面色通紅。

「你、你怎麼會在這裡?!」

在對方身後的女人發出一陣慌忙躲藏的動靜聲。沒想到會在無意之中發現貝克大法官和吉連伯爵夫人的婚外情關係。

「很抱歉，目前正在調查一個案件，我會當作沒看到的。」

路易斯鄭重地行了個禮才把門關上。背後傳來了梅特涅的笑聲。

「這兩人還真是相配。」

梅特涅這句話似乎是想得到路易斯的贊同，但是路易斯並沒有附和他。關上門之後，路易斯聽見伯爵夫人在裡面崩潰叫著說這下子該如何是好。

貝克大法官是出了名的憨厚老實，吉連伯爵夫婦也以鶼鰈情深而聞名的，怎知竟會撞見他們這副出軌的模樣。路易斯外表看起來反應不大，內心卻著實受到了不小的衝擊。

看到路易斯的表情，梅特涅牽起路易斯的手：

「我不是那種表裡不一的人。」

我有說你什麼嗎？路易斯暗忖道。對於梅特涅一時心急的胡言亂語，他也只好回答他：

「我知道。」

路易斯知道梅特涅是表裡如一的放蕩不羈。他有著全帝國最顯眼出眾的外表，也是最讓人耳朵發癢的緋聞製造機。

就連對八卦毫不關心的路易斯都聽過不只一兩件的緋聞。雖說近幾個月好像較為安分了一些，結果現在不是又帶著自己一塊栽進緋聞的大海裡了嗎？

「語氣怎麼聽起來有些不快呢。我從沒和別人發生不倫的關係，也不曾同一時間腳踏多條船。」

是這樣子嗎？他本來就一天到晚在更換交往對象，因此也難以得知他到底有沒有出軌。

「即便是如此，據我所知，您也從來沒有認真的和誰交往過。」

路易斯一邊說著，一邊猶豫著要不要請他放手，因為被他牽著手很是困擾。梅特涅儼然像是讀懂了路易斯的心思，他更加使勁地和路易斯十指緊扣，然後問他：

「你是在吃醋嗎？」

「什麼？」

「對不起，要是知道你會這麼介意我的過去，我絕不會那麼做的。」

路易斯不懂他突然在說些什麼，剛停下腳步，就聽見跟在後方的警備團團員們像是突然被嗆到似的，發出了咳嗽的聲響。梅特涅宛如在安撫著吃醋的小情人，將路易斯的髮梢撩至耳後，溫聲開口：

「除了你之外，其他人都只是過去的露水姻緣罷了。我發誓，要是你當初早點和我在一起的話，你就是我今生的唯一。」

「……」

背後團員們投來灼熱的視線讓路易斯不敢回頭，只能看著梅特涅慵懶的眉眼。他的眼神裡滿盈著彷若真心的柔情。

梅特涅為何要生為皇太子呢？以他這樣的外型和演技實力，本該成為世紀第一男演員的。

路易斯背對著那些既驚詫又尷尬得不知如何是好的團員們，微微嘆了一口氣。明天的報紙不知道又會寫成怎樣，不知道梅特涅究竟還要製造多少的親眼目擊者他才會滿意。

砰砰！一隻手還被牽著，路易斯用另一隻手敲著二一一號房的門。傑克和薩布里娜也正好從樓上走了下來。

砰砰砰！

房內一片沉寂。剛才裡面分明聽到了一些動靜聲，難道是察覺到外頭的搜查行動了嗎？路易斯再次敲著門問道：

「有人嗎？抱歉打擾，可以讓我稍微查看一下嗎？」

一邊說著，路易斯故意發出擺弄鑰匙的聲音，假裝成要是裡面沒人，他就要直接開門進去的樣子。很快的，伴隨著內部一陣沙沙作響，房門開啟了一道小縫。

一名面色蒼白的年輕男子，從稍稍開啟的門縫當中露出了半張臉，問著：

「……有什麼事嗎？」

「請問你是里克．威爾先生嗎？」

路易斯這麼一問，對方的瞳孔瞬間細微地震顫了一下。

CHAPT. 5 ✦ 深夜的連環殺人魔

他的目光掃過路易斯身後的梅特涅、警備兵們，還有傑克和薩布里娜。

「！」

路易斯一個快速反應，手伸進了對方陡然關上的門縫中。手腕處雖然被夾得發麻發痛，路易斯毫不遲疑地用肩膀撞開房門，進到房間裡。男人腳步向後退縮著，路易斯一把抓住對方的前襟。

「——！」

不料路易斯一時分神，抓住的衣襟被男子掙脫開來。造成他分神的理由，是因為眼前房內的一番景象。

在門後的視線死角區域，一名全身光裸的女子正被綁在椅子上。

還未確認她的長相，已經可以看出這名女子就是艾米莉·寇里。她的頭和腰都是往側邊傾斜的狀態，身體之所以沒有栽倒下去，大概是因為她整個人都被捆在了椅子上。椅子底下的地板上鋪著一張大床單。即使有什麼東西流淌下來，也不會濺濕地板。

男人一從路易斯的手上逃脫，便往窗戶的方向奔去。他使出全身的力氣推開緊閉的窗戶，哐啷地好大一聲，男子從二樓窗戶向外跳了出去，動作快得如逃竄的鼠輩。

「我的天啊！艾米莉！」

晚了一步進來的薩布里娜在看見艾米莉的模樣後，大驚失色地跑向她。

擺在床鋪上用被子隨意遮蓋的東西，被警備兵一把揭開，暴露在眾人眼前。被子底下放的是大小不一的各種凶器，刀刃、錐子、剪刀、斧頭和鋸子，這些殺人道具被研磨得鋒利無比，整整齊齊地排列著。被脫下的衣服和包包，她的所有物品都被裝在一個垃圾袋裡。

「還、還活著！她還活著！」

跑到艾米莉身邊的薩布里娜確認著她的脈搏，興奮地大喊著。

「——快送去醫院！」

傑克大聲地下令，三四名警備兵立即解開綁縛艾米莉身體的繩索，用床單搭在她的肩膀上。床單上的金屬凶器鏗鈴哐啷地掉到地上，發出令人毛骨悚然的聲音。

路易斯從碎裂的玻璃窗向下俯瞰著里克．威爾。可能是跳下去的時候摔斷了腿，企圖逃逸的他與在一旁埋伏等待的警備兵展開了一場搏鬥，最終還是被制伏逮捕。其他警備兵們也一整群衝下樓，將他團團包圍，不讓他逃走。這傢伙也沒有做出多大反抗，就被帶往管轄機關。

從頭到尾目睹了整個過程的路易斯發出一聲重重的嘆息，然後回過頭來。

# Chapter.5 ✦ ✦ ✦

「……」

鋪在地上的床單，旁邊是磨好的凶器——路易斯甚至不敢想像，要是他們來得稍晚一些，這個房內會發生怎麼樣的事情。

肯定是幾天後，會在後巷的垃圾堆裡看到一具悲慘的屍體。

路易斯摩挲著起了雞皮疙瘩的臉頰，朝薩布里娜看去，她一臉強忍淚水的表情。過去幾個小時的奔波遲遲找不到線索，薩布里娜內心似是受了不少的煎熬。

「辛苦了。」

走近她身邊，路易斯拍拍她的肩膀，卻見她搖了搖頭。

「現在才正要開始呢，在聽到那個混蛋說出所有真相，被送上絞刑臺之前，我是不會安穩入睡的。」

路易斯苦笑著點了點頭。

如她所說的，真正的戰鬥是從現在開始。若是個不打自招的傢伙那還好辦，但是通常長得那副模樣的傢伙都不太會輕易地招供。雖然他綁架和企圖殺害艾米莉的情況算是罪證確鑿，但是要想一齊揭露關於其他連環殺人的罪行並不容易。

薩布里娜和傑克將那個在櫃檯前不安踱步的旅館員工艾迪一併逮捕。針對他也有不少疑點需要調查釐清，必須確認他是否有提供協助，或者是不是里克．威爾的共犯。

「謝謝殿下。」

路易斯對斜靠在門口的梅特涅道謝。儘管梅特涅此時臉上的表情看起來晦暗不明，畢竟能夠抓到里克．威爾，成功解救出艾米莉．寇里，所有的線索幾乎都是靠梅特涅找出來的，因此路易斯仍是向他低頭致敬。

事實上，路易斯根本沒想到能這麼快就順利抓到殺人犯。雖然知道要救出被綁架的艾米莉．寇里，必須刻不容緩地盡快抓住兇手，但是這件事要是真那麼容易，之前也不至於犧牲掉五條人命了。

然而梅特涅今天一出面，宛如阻塞的下水道一般膠著的案情轉眼就疏通開來。梅特涅像是捏著蝴蝶結緞帶的末端，輕輕一拉，就自然流暢的把結完全解開，說實話，順利到了令人有點無言的程度。

即使被人在背後說三道四，看起來平常都只顧著參加派對，但不管怎樣，皇太子畢竟是皇太子。

「希望您在其他時候也能偶爾出面一下就好了。」

要是所有案件都能這樣順利地解決，不光是自己，整個帝國就都能高枕無憂了。

「殿下您要參與審問嗎？如果要的話——」

「路易斯——我的小白兔。」

梅特涅用親暱的嗓音打斷了路易斯的話，握住了他的手腕將他拉近。

路易斯心想，既然犯人都已經抓到了，小白兔的遊戲也該到此為止，但是得到了這麼好的成果，卻立刻拍拍屁股就走，似乎又顯得自己非常無情。

「是的，殿下。」

路易斯乖乖地應聲，卻見梅特涅用失望的眼神盯著自己。

「殿下為什麼這樣看著我？」

一心只想趕快跟著薩布里娜他們一起去審問里克．威爾，路易斯歪著頭疑惑地問道。

梅特涅的表情像是在看著世上最呆的傻子一樣：

「老實說，我經常覺得你很遲鈍，但沒想到你會傻到這種程度。」

路易斯正想問他突然說這句話是什麼意思，梅特涅已經把握著的手腕舉到了路易斯自己的眼前。

「啊……」

剛才硬是塞進門縫的左手現在腫得跟香腸似的。小拇指指甲似乎完全碎裂，鮮血直流，食指也已經扭曲到出現瘀青。梅特涅放開他的手腕問他：

「好了，這下子準備好要給御醫看了嗎？我覺得你受的傷應該夠多了。」

梅特涅的話讓路易斯嘴唇囁嚅著，說不出半句話來。

垂眸看著自己的那雙紫色瞳仁，不留絲毫讓人反抗的餘地。

♦
♦
♦

彼得這輩子還從未如此小心謹慎地給人纏著繃帶包紮傷口過。就連十年前，參加醫師資格考試，在拿著扣分板虎視眈眈地找機會扣分的主考官面前，他都沒有像現在這般戰戰兢兢。

「啊、」

路易斯才剛發出一聲小小聲的呻吟，彼得就感覺一道目光如利刃般地刺在他後背上。聽說古代刑求道具中有一種是插滿刀子的棺木，進到那棺木裡面的感覺，大概就跟他現在的心情差不多吧？彼得真實地擔心著自己的背後是不是被刺到流血。

他冷汗涔涔地在路易斯的手上擦好藥，用繃帶包紮起來。固定完最後一個結，路易斯左右查看了一下自己再也無法動彈的手，開口道：

「謝謝你，彼得。」

「哦、嗯……」

彼得其實有一大堆的問題想問路易斯。除了手是怎麼傷成這樣的疑問之外，還有找到孩子的爸了沒、孩子你是打算拿他怎麼辦，諸如此類的問題。

# Chapter.5 ✦ ✦ ✦

彼得是在三天前得知了這位看似老老實實的朋友卻有孕在身的事實。路易斯因昏厥而被醫務隊送來，他一檢查就發現他的肚子裡有東西。

那個東西是個胎兒。不管幫他重新檢查多少次，在他肚子裡的確實是個小生命。

不但路易斯本人不知道自己懷孕的事情，更糟糕的是，他還說不知道孩子的爸爸是誰，只留下一句『我想一下』，回去之後便無消又無息。

然後這是過去三天以來第一次見到他，彼得當然是想追問他「你想清楚了嗎」，也想問問他「有結論了嗎」、「所以孩子的爸是誰啊」等等，想知道的事情有一大籮筐。

但是現在，彼得忘卻了那一籮筐的疑問，他現在只好奇一件事情。

那就是，為何皇太子梅特涅會和路易斯一起來到醫務隊呢？

「路易斯說沒有任何御醫綳帶包紮的手法能贏得過你，還再三跟我強調說你最擅長治療這種皮外傷了。」

聽見梅特涅這麼說，彼得大吃一驚，立刻彎下腰來。

「不、不是的。這傢伙只是因為和我是朋友他才這麼說的，小的怎麼可能會比御醫高明呢、」

「那肯定是不比御醫高明的啊。」

梅特涅打斷了彼得自謙的話，漫不經心地笑了笑。

「你要是比御醫厲害，就不會只是在這裡替警備團團員們治療，而是在宮裡替皇室成員治病才對，你說是不是？」

「……正、正是如此。您說得再正確不過了。」

彼得覺得刀子這次是從正面飛了過來，他只能尷尬地陪笑，雙頰火辣辣地發燙著。

梅特涅一臉不滿地上下打量著彼得。紫色的眸子裡，那股雞蛋裡挑骨頭的刁難之意表露無遺。若是把看不順眼這個詞用臉部表情表現出來的話，大概就是梅特涅現在的模樣。梅特涅正欲啟齒，路易斯神色平靜地說了一句：

「這位朋友的治療方法真的最適合我了。」

彼得一驚，想阻止路易斯再多說什麼，但是梅特涅已經先露出不以為然的眼神，反問道：

「你有讓御醫治療過嗎？」

「沒有。」

路易斯給出了簡短有力的回答，一副理所當然地聳了聳肩。

「因為我不是皇室成員，只不過是區區一介騎士，難道不是醫務隊醫務官的治療最適合我嗎？」

「……」

雖然還不知道是誰的種，但是既然路易斯懷上了皇室的血脈，他這種劃分就變得有點模稜兩可了。彼得在心裡如此琢磨的同時，偷覷了一眼梅特涅的表情。他明顯很不爽，正瞪視著路易斯。

Chapter.5 ✦ ✦ ✦

這句話明明說得一點沒錯，但是聽起來就是有種惹人厭的感覺。排除把手受傷的路易斯帶來醫務隊的人是梅特涅這一點以外，兩人關係的惡劣程度正如彼得所瞭解的那般水火不容。

「還真是無謂的堅持啊。」

「非常感謝殿下替我擔心，但是我這個朋友真的也是位很棒的醫生。我沒有必要非得去麻煩那些忙碌的御醫。」

路易斯像是在安撫梅特涅似的，一邊微微地嘆著氣一邊說道。即便路易斯請求著梅特涅能諒解，他仍是一臉不滿地用眼神上下掃視著彼得：

「你在學院的成績很好嗎？」

路易斯搶著回答：

「他是學院醫科的首席畢業生。」

梅特涅聽了諷刺地道：

「第一名畢業的竟然連問題都無法自己開口回答，真是令人吃驚啊。」

「——」

路易斯還想反駁，彼得趕緊悄悄拉了拉他的褲襬，要他閉上嘴巴。據彼得觀察，自己會被這位長相姣好的瘋子用駭人的目光掃射，主要原因大概都是出在旁邊這個傢伙的身上。

不出所料，梅特涅目露凶光地盯著彼得抓著褲襬的手，丟了一句：

「聽說你三天前替路易斯做了檢查。」

一提到三天前的體檢，彼得的肩膀陡然震了一下，下意識朝路易斯看去。他竟然跟梅特涅說了體檢的事，難道是懷孕的事實被對方發現了？咦，梅特涅該不會是孩子的父親吧？

就在彼得的腦海裡胡亂閃過各種複雜念頭之際，路易斯嘆了口氣對彼得說：

「不管我解釋了多少遍，說我除了單純的貧血以外沒有其他異狀，殿下都認為我是在說謊。」

「……是、是喔？」

因為那就是個謊話啊。彼得看著面不改色的路易斯，尷尬地擠出一個笑容。

路易斯雖然不是一個愛說謊或善於欺騙別人的傢伙，但偶爾跟他玩牌的時候，那張撲克臉真的讓人怎麼樣都讀不出他的表情。他現在的神情就像在玩牌時那樣，面無波瀾地催促著彼得：

「趕快跟殿下說明，說我沒有任何問題。」

看來懷孕的事應該還沒露餡。

彼得覺得自己像一頭牛，被繩索拴住脖子強拖著走，他點著頭說道：

「沒錯，就只是有點貧血……沒什麼特別的異狀。」

「彼得．埃爾文，你可知道欺瞞皇太子是多大的重罪？」

梅特涅用一副失望的口吻問道。

「無力暈倒、連一口馬鈴薯沙拉都吞不下去，還一直噁心想吐，到底有誰會相信他身體沒有太大異狀？」

梅特涅將路易斯當成一個必須立刻臥床喝粥的病弱女子，然後開口：

「病歷表還在吧，拿過來。」

梅特涅討要的手勢讓路易斯的表情瞬間僵硬。彼得瞄了一眼路易斯，又瞥了一眼梅特涅，看著兩人的臉色，畏畏縮縮地在櫃子裡翻找著。

『妊娠。』

路易斯回想起病歷表末端那蚯蚓般歪扭的字跡所寫下的單詞，唇乾舌燥地嚥了一口口水。

當時看到那兩個字，心裡想的是什麼去了？

第一個念頭好像是：原來男人真的可以懷孕啊？

路易斯當然是有聽說過的。向上追溯個四代左右，皇室當時仍有男性的皇后，他知道這不是一個僅存在於神話當中的故事。

儘管如此，當他見到病歷上的這個字眼時，最先浮現的，還是對於男人真的會懷孕這件事所產生的一種荒謬感。這是近兩百年來不曾有過的，甚至連學術界都有人主張這已經是不可能發生的事情。

然而不過就那麼一夜。是場路易斯腦袋裡沒有半點印象，連對象是誰都不知道的一夜情。

而在事後被完全遺忘的這件事情，變成了「妊娠」這兩個字湊到了路易斯的面前來時，路易斯只是發出了無言的乾笑，彷彿事情並非發生在自己身上。

彼得看了一下路易斯的神色，有些猶豫地將病歷表交給了梅特涅。

「……」

梅特涅目光低垂地看著病歷表。咕嚕，路易斯緊張地吞了口水。慢慢朝著病歷表下方而去的視線讓路易斯的心跳加速，怦怦作響。

要不乾脆把病歷表搶過來？不行，真要搶過來也沒那麼容易，更沒辦法就這樣帶著它逃走。還是要跪下來求他幫忙保密？路易斯覺得自己像隻掉進缸子裡的老鼠，心情忐忑不已。就在這時，梅特涅的視線在病歷表的最底端戛然停佇。路易斯猛烈的心跳霎時也跟著漏了一拍。

「——那個，」

路易斯上前一步，正欲開口，就被彼得抓著衣服拉回了原位。

梅特涅從病歷表上挪開視線，抬起頭看著路易斯。

「……」

他沉默了半晌。

心臟狂跳的聲音在路易斯耳邊嗡嗡響著，聲音大到彷彿在一刻，不管梅特涅說了什麼話，他都聽不見。

「別說是首席畢業生了，他到底會不會寫字？這字跡簡直像一個不識字的孩子亂畫上去的。」

梅特涅把病歷表扔到桌上，一邊抱怨道。

「天才都字醜……抱歉，需要替您重寫一份嗎？」

彼得雙手合十地問道。

梅特涅於是發出了一聲嗤笑。

「好啊，重新寫一份字跡工整的。」

「我知道、」

梅特涅打斷彼得的回答，宛如一名體恤下屬的仁慈君主：

「櫃子裡的病歷表全部重寫。這些都是極為重要的警備團團員的病歷資料，怎麼可以如此隨意對待呢，你說是不是？」

路易斯不自覺地環視著彼得的醫務室，這裡有六個裝滿病歷表的櫃子。

「全部用整齊漂亮的字體重寫一遍給我檢查，字寫得不夠漂亮的話我會退回。」

「……是的，殿下。」

彼得欲哭無淚地鞠躬行禮。

梅特涅丟給彼得一個連抄寫員都覺得艱鉅的任務後，從座椅上起身，走到路易斯的身邊。

難道他沒看到妊娠這兩個字嗎？路易斯禁不住地猜想。雖然彼得的字確實亂七八糟像塗鴉一樣，但是仔細看的話還是辨識得出來的。就算梅特涅沒看出來好了，他對自己一直心存懷疑的執著程度，照理說不可能這麼輕易地就放棄追究。他假裝若無其事地回望著梅特涅。

「你要直接去偵訊室嗎？」

「是的。」

路易斯一邊吞著口水一邊回答道。

梅特涅眉眼彎彎地笑著，手掌覆在路易斯的面頰上。

路易斯擔心自己的心跳聲會傳遞到他的手掌上去，一時緊張不已。

「晚餐時間訂在八點，我會吩咐他們準備健康的佳餚，你別遲到。」

梅特涅語速緩慢地在路易斯耳邊悄聲說道：

「讓皇太子等候可是重罪啊。」

拍了拍路易斯的肩膀，他掠過路易斯身旁，朝門的方向走去。

……要我晚餐時間過去？他要說的話就只有這些嗎？路易斯一回頭，正要離開的梅特涅啊了一聲，笑著轉過身來。

「小白兔遊戲還沒結束呢，你可別想要逃。」

路易斯看著對方的笑眼和甜甜的微笑，下意識地點頭答應。

「……」

砰！路易斯盯著關上的門呆呆發愣，好一陣子才轉頭看向彼得。彼得正緊抓著櫃子，思考著要不要把病歷表給丟棄算了，眼神苦惱不已地抽泣著。

「這是怎麼回事？」

病歷表底部明明寫著妊娠的診斷結果，梅特涅怎麼會毫無反應？當然了，畢竟不是他的孩子，是懷孕或是要生產確實都不關他的事。但是這畢竟是稀罕的「男性懷孕」案例，而且是他這般厭惡、如此想要折磨的對象有了身孕，他不酸一句根本說不過去，他最後卻只是讓人一起吃晚餐？

聽見路易斯的疑問，彼得皺起臉來。

「我怎麼可能把那份病歷表直接放在那裡？是要給誰看啊？」

「你修改過了？」

路易斯驚訝地問道，彼得點了點頭。

「當然啦！就只留下輕微貧血的檢驗報告而已，剩下的都被我吃了。揉成皺巴巴的一團丟掉還怕被別人看見，我只好把它嚼爛了吞進肚子裡。」

彼得聳著肩。

「——天啊，真的太謝謝你了。」

原來是這樣啊，原來梅特涅並不知情。路易斯一下子釋放了緊繃的情緒，鬆了一口氣。

「你還知道差點就出大事了啊？看你一副若無其事的樣子，我還以為你都不會緊張。」

聽到彼得在一旁叨念，路易斯露出一個苦澀的笑。他其實緊張到脖子後面都被冷汗浸濕了。

「話說回來，他為什麼是那副樣子？」

彼得朝梅特涅離去的門瞥了一眼問道。

梅特涅帶著手在滴血的路易斯前來，並且在路易斯上藥和纏繃帶的整個過程當中，不斷用老鷹般銳利的眼神監視著彼得，宛如他是路易斯的監護人似的。

「早上的那個報導是真的嗎？難道你……！」

那個男人應該不是孩子的爸吧？彼得還來不及說出口，就被路易斯用手摀住了嘴巴。

「不是啦，絕對不是！」

路易斯搖著頭否認。雖然梅特涅從昨天開始了那個莫名其妙的小白兔遊戲，在社交圈鬧得沸沸揚揚，連路易斯自己都被搞得有點混亂確實是事實，但是四個月前的他們根本毫無交集。和一句話都沒說過的人要怎麼製造孩子？這是不可能的。

「真的不是嗎？要不然是誰？」

彼得的問題讓路易斯皺起眉頭，咬住了下唇。

「……大概是……威頓公爵閣下吧。」

# Chapter.5 ✦ ✦ ✦

「什麼？威——！」

路易斯再度摀住彼得差點大叫出聲的嘴，忍不住嘆氣。怕外面聽見他們在裡面吵鬧的聲音，路易斯將食指放在唇上示意彼得小聲一點，才把摀住的手鬆開。

「我還不確定就是了。」

這只是路易斯自己的臆測罷了，真相尚未得到證實。畢竟那天晚上想和自己發生性關係的男人人數不太可能超過一位，雖然還沒確切地問過他本人，但是應該就是威頓公爵了吧？

「我的老天！——真的嗎？威頓公爵的話……」

彼得驚訝到面色漲紅，語無倫次地說道：

「太驚人了，他、他不是喜歡你嗎？天哪天哪！是說沒想到你竟然都有身孕了——」

彼得雙手捧頰，像個少女似的，誇張地眨著眼睛。

路易斯擰起了眉頭：

「——你早就知道他喜歡我？」

這次輪到彼得詫異地看著他：

「怎麼了，你不知道嗎？」

反過來詢問路易斯的彼得，都還沒聽見回答，就自己先想通了什麼似的啊了一聲，揮了揮手。

「也是啦，你這個傢伙的確有可能不曉得。雖然大家都以為你是在裝傻——」

彼得試著對根本不在場的威頓公爵拋出一個憐憫的眼神。路易斯目瞪口呆地看著彼得朝向空中投射著同情的目光，隨後無奈地搖了搖頭。

「我根本想都沒想過。」

「人家長久以來表示得這麼明顯……不過說實在的，你又有什麼錯呢？錯的是喜歡上你這種傢伙的那位先生。」

彼得自顧自地點著頭，喃喃說道：

「是對方自願要赤腳走在佈滿荊棘的道路上。」

路易斯無話可說，他也知道自己確實在這方面比較遲鈍。

那個威頓公爵一直以來喜歡著自己，喜歡到天底下所有人都知道的程度？路易斯不禁想起男人當時用顫抖的聲音，對自己告白的那一句「我不是說了我愛慕著你嗎？」對路易斯來說，那是一種極為陌生的情感。

「沒想到你甚至懷了那位的孩子……」

彼得感到心情有些複雜地瞅著路易斯。

「你打算怎麼辦？跟他說了嗎？」

路易斯搖了搖頭。

「畢竟什麼都還不確定，而且……」

彼得催促著閉上嘴巴的路易斯把話接續下去。路易斯舔了舔嘴唇，才再度開口：

「而且？」

「……而且，」

正要脫口的剎那間，不知為何他突然想起了白天做的那個夢。路易斯想起那隻巴著自己的腳、直掉眼淚的巨龍時，嘴裡突然一陣乾澀。

彼得像是預先猜想到了他要說的話，露出了遺憾的表情。

路易斯對彼得說了：

「我沒有打算要生下來。」

從發現自己懷孕的那一刻起，路易斯就沒想過要把孩子生下來，一次都沒想過。

◆ ◆ ◆

在偵訊室門前站定，路易斯搓了搓自己僵掉的臉頰。和彼得在醫務室裡聊得太久，待路易斯抵達時，他們已經結束了第一回合的簡短審問。如意料之中，這傢伙不肯老實招供，滿嘴的胡說八道，而薩布里娜正前往法務部以取得能對他進行嚴刑逼供的許可。

『說實話，我也沒辦法勸你把孩子給生下來。』

彼得苦澀地表示，雖然生命是非常寶貴的，但是朋友的人生更為重要。

路易斯是個相當平凡的男子。說好聽點，若不是社會風氣將這種大而化之、對事情滿不在乎的特質視為一種男性化的象徵，以他這麼遲鈍無感的個性，很可能被別人當成一個傻不愣登的傢伙來對待。

路易斯亦是個從來沒想過自己可以和男人發生關係的直男，當然也未曾想像過自己有一天會懷孕。

四個月前，他發現自己和男人睡了一晚，儘管身上遍布著和男人歡愛留下的痕跡，他還是可以快速地忘卻這檔事。因為和男人之間的性行為，對他來說實在是過於陌生遙遠。

所以，就算肚子裡有個四個月大的寶寶，當然無法期待他能感受到什麼實際體會。除了沒辦法正常進食，肚子會不舒服之外，他的生活沒有任何不同。

對於身體裡有個小生命在成長的這件事，他也知道自己必須做些什麼才行，但就連他的腦袋都還沒完全消化接納自己「懷孕」的事實，更別說是要進一步思考到「生孩子」的這個階段。

孩子的父親不是已婚的阿拉爾侯爵，這一點確實值得慶幸，但就算對方是威頓公爵，也改變不了註定的結果。反而正因為對方喜歡自己喜歡了這麼久，路易斯更不能把孩子給生下來。

雖然打從一開始路易斯就沒有生孩子的勇氣，但要是孩子不是皇室的後代，只是個貴族或平民的小孩，也許結果會有所不同也說不定。路易斯並不擔心未婚生子，也不畏懼醜聞，要他單身撫養一個孩子過活也不是不可行。

問題在於能讓男人懷孕的本來就只有皇室的男性成員。孩子在帝國內誕生於世的瞬間，立刻就歸屬於皇室，而路易斯今後的人生也將隨著皇室的處置發生變化。

威頓公爵或許會提出結婚的要求。

他雖然是個善良且受人尊敬的男人，路易斯卻沒有信心能和他共度餘生。

假如不和威頓公爵結婚，就只生下他的孩子呢？——路易斯並不想這麼做。

『你如果不打算生的話，要趕快準備才行啊。已經四個月大了，再過一兩個月的話你會有危險的。』

彼得提出了實質性的建議。

『還有……不能在國內手術，你必須跨越國境才行。』

路易斯得去一個不會傳出男人懷孕的消息、就算傳出去了也沒有半個人認識他的地方。

『總之我先去打聽看看。帝國境外的話，應該可以找到能夠提供協助的醫生。』

聽彼得這麼說，路易斯沉重地點了點頭。

要離開帝國的話，勢必要申請休假。只請一兩天是不夠的，必須請一個月左右的假，像是去旅行一趟回來這樣比較恰當。既然最要緊的連環殺人犯已經逮捕歸案了，等審訊一結束就立刻請假……

「……」

路易斯站在偵訊室的門前，深深嘆出一口氣。好不容易抓到了犯下五起謀殺案、綁架並試圖殺害新目標的極惡之人，現在站在那個傢伙所在的偵訊室門口，路易斯卻在想著要打掉孩子的事情。自己都覺得自己的行徑實在是不像話，路易斯重新搓揉了下臉龐，打開偵訊室的門。

咔噠地一聲，透過開啟的門，可以看到裡面是一間昏暗的偵訊室。

里克．威爾用一個放鬆的姿勢趴在桌子上，見到路易斯來，他掀了掀眼皮，裝出一副認識路易斯的模樣。

「來的人職位越來越高了啊？」

他看著路易斯的肩章，聲音是一派地從容，彷彿這一切不過是場隨隨便便的遊戲，臉上甚至還掛著淡淡笑意。這傢伙以這種惡劣的態度進行了第一回的審問，看來是成功地激怒了薩布里娜。但是對路易斯來說，這樣的傢伙反而更容易對付。

「怎麼，還想見見皇帝陛下是嗎？」

路易斯在他面前一坐下，他猛地抬起頭：

「我要是一直不開口，皇帝陛下會來嗎？」

看著對方表情充滿期待，一副殷殷期盼的模樣，路易斯歪頭注視著他。

「不會，我應該就是最後一個吧。因為你在那之前就會被送上絞刑臺了。」

路易斯不緊不慢地回答。

那傢伙聽了，緩緩地抽動著嘴唇，面容盡是扭曲。

「不管我說了什麼都是要上絞刑臺的話，幹麻還要審問我？把所有嫌疑都推到我身上不就好了？」

聽見里克的譏諷，路易斯把手上拿進來的文件資料推到了一旁，一邊點了點頭。

「正有此意，總共五起兇殘的殺人案和綁架及謀殺艾米莉·寇里未遂的罪名，全都在你身上。就算你一句話都不說，我也會放話給媒體，讓他們以為你一五一十地全招了。其實調查報告就算是空白的也無所謂，畢竟用不了多少天的時間就可以上絞刑臺了。」

路易斯並不是那種毫無心機的人，當然也不到缺德的大騙子那種程度。但每當身邊的人用充滿信任感的目光看著他時，他都會覺得很有壓力。

就算不管那些，在一個綁架且殘忍地殺害了他人的現行犯面前，路易斯確實不是一個會在乎程序與真相，或是去關懷對方的人。

路易斯和為了這傢伙的自白還跑去法務部的薩布里娜不同，他覺得在這傢伙的斷腿上直接踩個一腳也是沒關係的。

「你看你要不要睡一下？這樣我也能休息一會。」

路易斯朝他揮揮手，一副隨便他愛怎樣就怎樣的樣子，里克那傢伙原先就皺到不行的臉這下扭曲得更恐怖了。

「你以為耍這一點破把戲我就會開口嗎？」

「你不開口也沒關係。」

見路易斯露出一個無所謂的笑容，里克閉上嘴看著他。

里克似乎想弄清楚路易斯說的話究竟是不是在嚇唬自己，他瞇起眼睛打量了一陣，隨後咬住了嘴唇。

儘管不確定這傢伙是否真能看出自己的心思，路易斯說的話本來就都是肺腑之言，所以無所謂。

不管里克再怎麼保持緘默或堅持否認，現場的罪證全都留了下來。

十二種大小形狀各異的刀刃、四種錐子和鉗子、鋸子、斧頭還有鋪在地上的床單。這麼多的作案工具，想要肢解一頭牛都沒有問題。充滿了可怕的犯罪意圖的現場就是最佳的證據。

面對路易斯漠不關心的態度，里克像是打定主意不肯說話地趴伏在桌上，半晌後卻又立刻起身。

「我沒有殺任何人。」

# Chapter.5 ✦ ✦ ✦

「哦，是嗎？」

路易斯點了下頭，一副愛聽不聽的模樣。

「確實，是我把艾米莉帶到了旅館的房間裡，這個我承認，但是後來我對她什麼都沒做不是嗎？起初的確是動了壞念頭，但是真到要下手的時候，我就害怕了。殺害五條人命這種事，我發誓真的不是我幹的。」

里克的語調和先前不一樣，變得稍微快了一些。

路易斯刻意慢吞吞地搖著頭說道：

「那又如何？就算人不是你殺的，新聞報紙上仍舊會寫得像是你做的。我們法官大人對輿論是非常敏感的。不管真相為何，你應該會一邊咒罵著帝國法院一邊被吊起脖子吧。」

這不是在唬人。目擊到這傢伙從窗口跳出來被逮捕的人們可不只一兩位，被裹在床單裡送往醫院的艾米莉，以及在旅館客房裡尋獲的殺人凶器，這些小道故事等不及明天的報紙，早就被發成號外消息傳遍大街小巷了。記者們在這種時候才不會寫出「他也許不是犯人」、「這個男人並不是連環殺人犯，他只不過是相中了艾米莉．寇里而已」這種內容來。

『連環殺人犯被現場逮捕！』

『現場尋獲連環殺人犯的肢解工具，這些凶器至今已奪走五條人命！』

他們將用最聳動刺激和蓋棺論定的詞語所組成的文章來填寫整個版面。路易斯今天早上已經透過那些醜聞報導，親身體會到帝國記者們撰寫小說的功力有多麼厲害，根本無須多作解釋。

而帝國的大法官們更不是什麼原則主義者，不可能會以證據不足為由，輕易釋放一個遭受輿論猛烈抨擊的傢伙。

「艾迪呢？」

路易斯隨口問道。

「艾迪？」

「你們是不是一起犯案的？他不是還裝作不認識你？——他是共犯嗎？」

路易斯留心觀察著對方的神情。

里克扭動著嘴角，似是想笑，眼神看起來就像是在思考著對自己較為有利的說辭。路易斯將丟在一旁的文件拉回來，翻了一頁之後開始說話，手上纏繞的繃帶使得他的動作不太方便。

「聽說你給了他錢，要他裝作不認識你。」

「……算是吧。」

里克回答的語氣含混不清。

路易斯於是沉默了下來，不再繼續追問，開始翻看著艾迪的審訊結果。雖然在進來之前早已看過一遍，但他慢條斯理地看著，彷彿是第一次閱讀這份報告，坐在位子上一個字一個字仔細地讀，好像要從中解讀出什麼暗號來似的。不肯開口的里克突然就受不了了，他碰碰地拍著

# Chapter.5 ✦ ✦ ✦

桌子，率先出聲：

「喂！我真的不是什麼連環殺人犯。雖然我抓了那個女孩子是事實，但是到頭來我根本沒有對她下手啊？只不過是脫了她的衣服，我連她一根手指頭都沒碰，這樣就要判我絞刑，不是太過嚴重了嗎？」

他伸直了被綁住的雙臂，冀望著對方能贊同他的想法。

「所以艾米莉是你首次試圖犯案？」

「對啊！」

「昨晚也是你第一次在旅館投宿？」

「不、那倒不是──」

「你為什麼要用假名？」

里克對路易斯的問題聳了下肩以示回應。

里克・威爾的本名是瑞恩・威登。而他在旅館帳簿上登記的名字是克拉克・謝爾曼，他是個習慣性地使用假名的傢伙。若不是心裡有鬼打算做什麼壞事，何必要這樣多此一舉。

「你住在那間旅館，是因為一開始就鎖定了艾米莉嗎？」

「是啊。」

聽到對方不假思索的答覆，路易斯噗哧地笑了一聲。

「你兩個月前就住進了這家旅館，但是從上個禮拜才開始出現在紫丁香酒館的不是嗎？還說你一直盯著艾米莉？」

真是個大騙子。路易斯用指尖敲擊著桌子，欣賞著瑞恩皺起臉來的模樣。言語是很有趣的，隨著謊言不斷地堆砌，堆砌到後來，真相自會水落石出。

「你進來的時候有搜身吧？隔壁房的艾迪也搜了身……我們在他口袋裡發現了一些有趣的東西，所以我把它拿過來了。」

路易斯從口袋裡掏出用白紙包起來的藥包，啪地扔在了桌上。瑞恩的臉色在見到落在桌上的藥包後為之一變。

「他說這是你給的？」

藥物的成份尚未獲得確認。雖然已經送去給軍方所屬的藥理學家檢驗，對方說至少需要三四天時間才能分析出藥物具有何種效用。

路易斯試探道：

「聽說這種藥能讓女人自己乖乖爬上床？」

這話是從艾迪那邊聽來的。根據他的說法，艾米莉在走進旅館的時候，意外地看起來神色一切正常，是沒有任何醉意的清醒狀態。

然而艾迪後來在半夜聽到了尖叫聲，當他上樓查看時，那傢伙態度從容地對他說道：

## Chapter.5 ✦ ✦ ✦

「是我女朋友啦，藥的劑量好像不太夠……啊，你下次試試這種藥，可以讓那些高傲無比的女人為你瘋狂地張開雙腿。」

這傢伙是在旅館裡待了兩個月的遊民，而他的對象是艾迪偶爾會在紫丁香酒館見到的艾米莉。艾迪無法判斷他們到底是不是真的情侶關係，況且這傢伙說的話還那麼可疑。尤其聽他提到什麼藥的，不免令人懷疑他是不是在強姦女性，但是房內很快就變得安靜無聲，艾迪也拿他沒辦法，只好下樓。

旅館內時常有情侶喜歡較為粗魯的玩法，或特別愛發出激烈的叫聲，因此艾迪說他也不好干涉。他聲稱自己是清白的，並無參與這些罪行。當時糊里糊塗收下了錢和藥物，不得已只好替對方隱瞞，他唯一做的就只是裝作什麼都不知道而已。

路易斯不曉得艾迪的話究竟有幾分的真實性，說不定他說的都是實話，也可能全都是假的。由於艾米莉還沒醒來，所以還無法得到她的證詞。大致上能猜想到的，就是艾米莉可能服用了這紙包著的藥物。

「這是什麼藥？」

聽到路易斯的詢問，瑞恩只聳了下肩，沒有回答他。意思像是反正調查之後就會知道結果，他又何必白費唇舌說明。

是類似催情劑的藥物嗎？路易斯把藥包推至一旁。這部分確實是不用急著要立刻知道答案。

路易斯有一件真正想問清楚的事。

「兩個月前，恰好就是你入住藍玫瑰旅館的那天，在一間酒館的垃圾場前面發現了一具女性屍體……」

路易斯換了個話題，故意閃爍其詞。

第三個發現的屍體是亞曼達．麗芙。她在四號街的酒館工作，同樣也是替先行下班的老闆關店，然後在回家的途中失去蹤跡，隔了兩天，才在七號街的後巷被人發現。除了她是死後被人發現的這點之外，露出脖子線條的短髮造型，還有修長的身形，和艾米莉有極多的相似之處。

「你說你原本預計明天要離開藍玫瑰旅館？」

這傢伙的瞳孔沒有晃動分毫，好似這個提問早就在他的意料之中。

路易斯淺淺一笑，直接問道：

「人是你殺的吧？」

面對這個沒頭沒尾的質疑，瑞恩大笑出來。

「老天，你有證據嗎？證據都沒有的情況下，可以講這樣的話嗎？」

「現在是沒有……」

路易斯微笑。他從對方詢問有無證據的聲音當中，聽出了一絲試探之意。對方想知道他究竟是掌握到了什麼證據，還是是在確定了什麼的情況下開的口。

# Chapter.5 ✦ ✦ ✦

「一旦大家都知道了兇手的作案模式，類似的招數肯定都會遭到識破。我們只要在四號街亞曼達工作的酒館附近發放你的肖像畫，馬上就可以找到證據。」

警備兵們已經在那附近展開搜查，路易斯認為要找到證據只是時間上的問題。確認他是否在附近的旅館投宿，有沒有經常出現在亞曼達工作的酒館裡，然後徹徹底底地搜查他住過的房間，一定可以找到來不及抹掉的血跡和噴濺到五斗櫃底下的屍塊。

「……」

不出所料，瑞恩像是摘去了面具，臉色一下子變得冰冷僵硬。

叩叩。

偵訊室的門在這時傳出敲響聲。路易斯把放置的文件和藥包收拾好，從座位上起身。

「看來是我們的警備兵們找到證據了——我就知道，根本用不了多久時間。」

路易斯很有把握似的觀察著瑞恩的臉。

瑞恩面無表情地望著路易斯。不帶一絲情緒的臉龐看起來就像個十足的殺人魔。

「在證據被找到之前先自首的話，至少還能在法庭上說上幾句話的。證據實在太快出來了……不過，反正橫豎都要上絞刑臺，應該沒差吧？」

路易斯歪著頭，正要離開偵訊室，卻聽見背後傳來一道聲音：

「——你弄錯了，我都跟你說了不是我。」

路易斯回過頭看向他。弄錯？

「是嗎？」

對方沒有答話，而是大大地咧嘴而笑。雖然他試著想要佯裝出輕鬆的感覺，但是可以看得出來他在害怕。

自己那麼殘忍地殺害他人，把別人摧殘得不成人形，等到真的要被絞首了竟會如此畏懼。

路易斯離開了偵訊室，薩布里娜似乎已經先接到報告，手裡正拿著幾個文件袋。正如預想中的，他們似乎也尋獲了亞曼達的屍塊。

「已經得到旅館老闆的證詞了，里克在那邊也住了兩個月。在他使用過的房間裡還發現了這種東西。」

路易斯從她手裡接過袋子，確認裡面的東西。看起來是一小截女性的小拇指。這大概是亞曼達的手指，她的屍體缺了根小指頭。

「還切了人家的手指頭……」

「是的。至於其他幾件案子，只要追查他過去的行蹤，應該就可以很快拿到證據了。對我們來說該感到慶幸的是，他選擇留宿的旅館似乎環境清潔狀態都很糟糕。」

見到薩布里娜那一副得意洋洋的嘴臉，路易斯不禁噗地笑了出來。

「他在旅館之外的地方一定也有犯下罪行，像前天發現的屍體也是如此。」

但是，尚有幾處不太合理的地方。要將這些缺漏填補起來並不容易。

「啊對了，我拿到刑求逼供的許可了。他如果死活不肯認罪，在那邊大小聲的，我們能動手到讓他乖乖安靜下來的程度。只要到時候上絞刑臺的脖子還健在就可以了。」

薩布里娜這時的表情比起方才更加的神采飛揚。

「艾米莉呢？」

路易斯問起了艾米莉，薩布里娜身旁另外的警備兵回答道：

「他們說她還沒醒來。」

「到現在都沒醒來？」

到底是給她吃了什麼藥、餵了多少的劑量以至於一直昏迷不醒？在路易斯疑惑之際，有人朝向他們走來。

是太子宮的侍從官班奈狄克，他是整個皇宮之中表情最具震懾力的人。路易斯都還沒問他來意，對方已經用最標準的角度欠身行禮：

「皇太子殿下正在等待您過去用餐。」

「啊。」

路易斯在口袋裡翻找著，一邊問道：

「現在幾點了？」

口袋裡找不到懷錶。

「現在是八點十二分。聽說您和他約定的時間是八點鐘。」

睨視著懷錶的班奈狄克目光帶著洶洶的氣勢。約定好的用餐時間，竟然讓皇太子等了十二分鐘，僅是這樣的怒目相對還算是便宜了路易斯。

路易斯一時之間陷入了苦惱。本該去赴晚餐的約，但是去了要是又噁心反胃，皇太子到時真的叫了御醫過來就不妙了。一思及此，路易斯就無法向前邁出腳步。還有，梅特涅說要準備健康佳餚的那句話也讓路易斯特別在意。回想起那堆積如山的肉食餐點，都還沒吃就已經覺得腸胃不適。

真的有必要非得和他一起吃飯嗎？雖然梅特涅說小白兔遊戲尚未結束，但是犯人都已經抓到了。

今後持續的調查工作勢必非常忙碌，要一起吃飯的話，雙方時間肯定難以配合，還規定要在他視線所及之處——要求在他房間就寢這點更是難上加難。審問的工作又不是十二點一到就會準時結束，徹夜通霄應該也是常有的事，到時總不能為了自己想補個眠便打擾皇太子清夢吧？

路易斯覺得梅特涅應該是沒有考慮到這麼遠。他大概完全沒有想到為了刁難別人，害得他自己也可能遭殃。再不然就是他打算以此為藉口，更徹底地折磨自己吧，路易斯在心中琢磨道。

——究竟該配合他到什麼地步才好？

「團長！艾米莉醒過來了！」

就在路易斯躊躇游移之時，趕來偵訊室的警備兵匆忙地傳達了消息。路易斯不再繼續苦惱，隨即對班奈狄克說道：

「很抱歉，能替我轉達說今天無法過去一起用餐了嗎？請殿下不必等我。」

聽到路易斯的話，班奈狄克的眉頭冷峻地皺了起來。

「——您是說真的嗎？殿下會非常失望的。」

他在「非常」兩個字特別加重了語氣。

「咦？啊、我會再另外找時間過去向殿下賠罪的。」

明知梅特涅根本不會因為無法和自己一起吃飯而感到多麼失望，路易斯還是深深地鞠躬示意。班奈狄克的眉頭皺得更厲害了。

「……這事我無法干涉，我會將您的話如實稟告的。」

僅管嘴上說著無法干涉，班奈狄克看著路易斯的眼神卻十分凌厲。宛如一個惡婆婆正用尖酸刻薄的視線，瞪視著欺負自己兒子的醜女孩。

路易斯注視著他離去的背影，片刻後，立即動身趕往醫院。

他有好多問題等著艾米莉・寇里回答。

◆◆◆

夜晚的道路漆黑一片。

正是多數人們入睡的時刻，店家的燈火都已熄滅，只剩下路燈微薄的光線在照亮著街道。

蕭瑟的秋風呼嘯而過，甚是寒涼。

一截被夜露些微浸濕的報紙碎片啪搭地黏在地面，咻地一陣風吹過，將它再度捲起。那是白天時被到處派發的號外消息。

『連環殺人魔，瑞恩．威登被捕』

大大的歌德字體教人印象深刻。

——喵。

一隻黑貓縱身一跳，追逐著隨風飛舞的報紙。

『……艾米莉．寇里勉強獲救。床上備有各式各樣要將她千刀萬剮的工具。從二吋的小刀到如同斧頭般的十二吋大刀、錐子、鉗子和剪刀，刀尖處皆磨得鋒利無比，唯獨一把斧頭特別地鈍。也許是為了砍下來時能夠造成更強烈的痛苦吧？一位相關人士在看到這把鈍斧時提出了這般令人驚恐的猜測。犯人瑞恩．威登跳出窗戶逃逸，由於市民及警備兵們的英勇阻攔而未能脫逃。路易斯．艾力克斯爵士的第二警備團逮捕了瑞恩．威登以及提供他協助的旅館員工艾迪．勒

# Chapter.5 ◆◆◆

克斯。因擔心夜路危險而不敢外出的各位，現在可以放心地出入了。想剪短頭髮的人儘管剪，就算在外面露出脖子走動也沒關係——兇惡的連環殺人魔已經被關在牢籠裡了。』

在風中飛揚的這張號外上，對於帝國人民懼怕了四個月的連環殺人魔終於落網一事，透露出溢於言表的安心感和喜悅之情。

街道即將變得平靜。撰寫號外的作者要大家放心，現在早上起床，不用再擔心垃圾場周圍又再出現屍體了。

——喵嗚。

貓咪追著空中總是撲抓不到的那張報紙碎片，追著追著進了後巷。又刮起一陣風，皺爛的紙片啪搭地被吹落在垃圾堆之上。

——喵，喵。

貓咪對著報紙的邊緣抓了又抓，將紙片給勾了下來。飄落的報紙不知被什麼給浸濕，很快地渲染成深色，附著在了某處，再也飛不起來。貓咪於是對它失去興趣，長長地喵了一聲，不曉得往哪裡跑了——然後……

咚。

從垃圾堆裡倏然間掉出來一雙手臂，指尖碰到了地面。

那是一具全裸的屍體，雙手雙腳皆被捆綁著，整副身軀扭曲成了一個詭異的姿勢。匯聚在垃圾袋上的一灘血水緩慢地往地上流，不多時，地面就已經濕紅了一塊。

滴答、滴答、滴答。

一滴兩滴的雨點從黑沉沉的天空開始落下。

這是深夜連環殺人案件的第六位被害者。

# Chapter.6 ✦ ✦ ✦



一具新的屍體被發現了。

與此同時，被認為是兇手的瑞恩．威登正關在偵訊室裡。

連環殺人魔彷彿在嘲笑著路易斯他們自以為抓到了真兇，他悠悠哉哉地殺了人，棄屍在六號街一條偏僻後巷的垃圾場。就像先前一樣，那是一具被砍得令人不忍直視的殘破屍體。

也就是說，整個事件又回到了原點。

路易斯揉了揉乾澀的眼睛，長嘆了一口氣。

「派翠克．格林，十七歲。……我們並無接到他的失蹤通報。他在二號街的一家麵包店工作，早上出門去上班，但是卻沒出現在麵包店裡。由於他時常離家出走，因此不管是麵包店或是家中人對於他的突然消失都已經不太在意了。」

薩布里娜同樣也是一臉的疲憊，但簡報時的嗓音仍然堅定平穩，不帶絲毫的動搖。

「要是很長一段時間沒見到人，應該是會去通報的，然而只不過昨天早上一下子沒看到他而已，他們都說根本沒想到會發生這種事情。」

書記官利奧一邊打字紀錄著薩布里娜說的話，一邊開口道：

「兇手在早上將人綁架殺害後，深夜才將屍體丟棄。這下子，以後不能再稱他為深夜的連環殺人魔了。」

「……所以，已經有人給他取了一個代稱叫做繩索人。自從某份早報的內文使用了這個稱呼之後，大家就這樣傳開了。應該是因為屍體的手腳都被繩索捆綁的關係吧。」

繩索人……還真是會取外號。

「第三起殺人案一定是瑞恩幹的，不會有錯。」

薩布里娜用深信無疑的口吻道。的確，從他住過的房間裡搜出的手指頭就是很好的證明。把截斷的指骨和亞曼達的屍體進行比對後，切口完全吻合。根據指甲的狀態也能看出那確實是她的手指。

「是模仿犯罪嗎？」

「假如不是的話，代表他應該有共犯。」

是另有幫兇，還是只是一個模仿者？路易斯用手掌搓了下臉。

假設第三起謀殺案是瑞恩所為，那麼除了第一起命案，其餘案件的受害者清一色是男性。深夜的連環殺人魔，所謂的繩索人，是針對男性下手的嗎？包括第一具在內的所有屍體，都留有被性侵過的痕跡。考慮到第一起謀殺可能是衝動性犯罪的情況，繩索人極有可能是以男性為主要目標，而非女性。

「有重新審問過瑞恩了嗎？」

「還沒有，凌晨發現了屍體之後，人手都還集中在那邊。」

薩布里娜搖了搖頭。

路易斯也因為去見艾米莉，先前一直都待在醫院。

「艾米莉那邊有什麼新線索嗎？」

「完全沒有，她說她什麼都不記得了。」

路易斯無奈地聳著肩。

清醒之後的艾米莉，對於自己被綁架的事一點印象都沒有。她所記得的最後一件事，是酒館關門前她在工作的情景。不僅不記得被綁架的過程，她此前的所有記憶都是模模糊糊的。

「某些部分她依稀還有點印象……當她睜開眼時，發現自己身在一個完全陌生的地方，於是便放聲大叫起來，但是她不確定她當時是在做夢，還是這是實際發生過的事情。」

薩布里娜想起艾迪曾說過，聽見叫聲後上二樓查看的那些證詞。

「會是艾迪聽到的那聲尖叫嗎？」

路易斯點點頭，他的推測也是如此。

「是說，我好像曾經聽說過那種藥物。」

利奧停下了打字的手，努力搜尋著記憶。路易斯和薩布里娜同時看向他，他歪斜著頭：

「叫什麼去了？好像是白色殺戮？白色什麼的……名字想不太起來了，但我聽過有這種藥在市面上流傳。」

「那是怎樣的藥物？」

「我也是在酒吧裡路過聽見的，所以不是很確定，但是艾迪說艾米莉是自己走進來的對吧？那應該沒錯了。」

利奧用手摩挲著下巴接著道：

「聽說吃了那種藥，人會變得百依百順。起立、坐下、脫衣服，假如這些命令都能服從的話，要她自己乖乖走進旅館好像也不無可能？藥效差不多有三四個小時吧？而且一旦藥物失去作用，據說就會變得像艾米莉那樣，腦筋一片空白，通常都不知道發生過什麼事情。」

「還有這種東西？」

薩布里娜猛然從座位上站起來，不可置信地反問。

「天哪，如果真的有這種非法藥物在大街上流通，那不就要成了強姦的天堂了！」

「這個……我也只是碰巧聽來的，只是在謠傳說有這種東西，沒有親眼看到過。聽說價格也相當昂貴。」

利奧舉起雙手作安撫狀，強調這些都只是他聽聞的傳言而已。

「你是從哪聽來的？哪一間酒吧？今天晚上到那邊去探查看看。」

路易斯的話讓薩布里娜皺起臉來，嘆息道：

「還探查呢，您說得還真是輕鬆，我們根本就人手不足。」

路易斯感到訝異：

「人手不足？」

怎麼會缺人手呢？梅特涅明明說了可以動用整個警備團的人力……

「當然不夠啦，我們總共也才三十四人，大家從前天開始忙到現在都沒闔眼。不但要追查瑞恩住過的旅館，還得去這次發現屍體的六號街周邊探查，甚至艾米莉待的醫院也要派人看守才行。加上要應付一堆吵著要我們提供正確情報的記者，簡直快令人抓狂了。我們既沒回家，也沒吃飯、沒睡覺，卻還活得好好的，這豈不是跟團長不相上下了？」

薩布里娜語氣滿是指責地對著路易斯說道。

「不是，那第一警備團的在幹嘛？」

不只第一警備團，其他的警備團呢？……聽見路易斯的疑惑，薩布里娜的眼神透露著一股無奈之意。

「天哪，您還真的是有夠遲鈍。就在團長您拒絕了晚餐邀約之後，第一警備團就立刻全部撤退了啊。還不只是撤退這麼簡單，對於我們的公文或是任何要求又開始視若無睹了。」

「——這是真的嗎？」

他又開始故技重施了？

不對，這算是理所當然的反應吧，為何自己當初沒想到呢？梅特涅本來就不是那種會大發善心繼續幫助路易斯的人——尤其自己還隨隨便便地取消了和他的晚餐約會。哪怕說取消的理由是為了抓到連環殺人犯如此重大的事情。

「我們團長對於皇太子殿下來說，究竟是個怎樣的存在？其實太子殿下應該是很喜歡團長的吧？」

利奧才這麼隨口一說而已，路易斯和薩布里娜同時用鋒銳的目光射向他。利奧趕緊抬起雙手，無措地露出一個傻笑。

「不就只是在欺負我而已嗎？」

大大小小的事梅特涅都可以挑毛病，不然就是把自己當成隱形人，無視這邊送去的所有公文。換作別人可以直接通過放行的事情，到了自己身上，就得配合他玩什麼小白兔的遊戲，逼人惹出一身醜聞後才能獲准。這不是欺負人是什麼呢？路易斯認為利奧的想法太過荒謬，薩布里娜卻用著「莫非是這麼回事」的眼神，重新打量著路易斯。

「沒有……我只是覺得，如果我是皇太子的話，應該不會選擇用那些方法來欺負一個我討厭的人。」

感覺利奧的視線落在自己的後頸上，路易斯疑惑地擰起了眉頭。他衣服的釦子全都扣得好好的，但是梅特涅在耳朵下方這種無法遮掩的部位留下的吻痕，正一覽無遺地暴露在他人眼前。

「如果團長特別討厭這種事的話，那就另當別論了，但是團長根本連自己脖子上有什麼痕跡都搞不清楚。您也不會特別在意面子或自身外表，所以皇太子殿下這樣的作法，頂多是讓您覺得別人的閒言閒語有點煩人而已。老實說以團長這樣的條件，這麼一點醜聞根本不至於影響到未來的婚事啊。」

利奧一邊聳肩，語氣隨意地說著。

「那是——」

路易斯皺著眉，想辯解什麼似的張開了嘴。

『小白兔遊戲還沒結束呢，你可別想要逃。』

路易斯想起梅特涅說的這句話，他彷彿早就知道瑞恩並不是真正的兇手。

不管路易斯怎麼思考，都猜不出梅特涅真正的用意。從他故意製造散播謠言的這一點看來，至少可以肯定他是想表現給某人看的。

闔上了嘴，路易斯開始煩惱起這個一時無解的問題。利奧連忙擺了擺手：

「我隨便說說的，只是覺得有點奇怪罷了。」

「不，你的分析不無道理。」

沉默了好片刻的薩布里娜突然開口，她半瞇著眼，對著路易斯上下端詳。

「我也覺得昨天的情況不太對勁。」

她回憶起梅特涅聽到她講述了路易斯昏厥的事情時露出的恐怖神色。以及當她質問梅特涅是否想害路易斯累死時，梅特涅不但一口答應會全力支援，還直接幫忙解決了案件。他甚至親自把受傷的路易斯帶去醫務隊包紮。薩布里娜當時顧著看梅特涅對路易斯發火，罵說這麼嚴重的傷不該去醫務隊，要他應該去給御醫治療，看著看著，一度還耽擱了一點她押送艾迪的時間。要說這一系列的動作是在欺負路易斯的話，顯然不太合理。

「總之您先去看看再說吧。」

「去哪裡？」

「當然是去見皇太子啊。您不是說要去找他賠罪嗎？」

薩布里娜翻出了路易斯昨天對班奈狄克說過的話。她的手指在耳朵裡轉了轉。

「光是在這邊揣測那種傢伙的意圖是沒有意義的。」

隨口犯下侮辱皇室之罪的她推著路易斯的後背。

「管他是要欺負您還是什麼的，您就去接受吧。要多多接觸才能知道他的目的到底是什麼呀。」

# Chapter.6

在前往太子宮的途中，有一個美麗的大型花園，叫做夜之庭園。以一座巨大噴泉為中心，周圍延伸出一整片賞心悅目的壯闊景致。這裡的每顆樹上都懸掛著燈飾，以夜景美麗而著稱，然而白天時的景觀依舊絢麗。

『還有老實說，我認為昨天是團長做得不對。』

薩布里娜推著路易斯的背催促他離開時一邊說道。

『不論您內心有什麼樣的打算，班奈狄克都親自找來了，可見他已經準備好要迎接您過去用餐，而您又沒有事先稟告，放他在滿是餐點的餐桌前乾等，他肯定會很不高興的——當然，我也瞭解團長不想前往的那種心情。』

薩布里娜露出一個複雜的神色。

「……」

隨著太子宮的距離越來越近，路易斯的腳步越發沉重。連薩布里娜都認為是他的錯，那梅特涅到底會是怎樣的表情呢？

說不定梅特涅根本不願意接見自己。乾脆被他拒之門外是不是還比較好一些？不對，既然是來請求他出手相助的，不管如何還是要和他見上一面，向他下跪賠罪才是。

『我為什麼要被你利用呢？你只有在自己有需要的時候才會來找我。』

腦海中不由得浮現出梅特涅犀利的話語。那時的自己確實是帶著沒必要時何必見他的想法，如今，走在前往太子宮的這條路上，路易斯的確感受到了一絲的愧疚。

不過，等去到那裡，被梅特涅欺負之後，這一絲念頭也會很快地煙消雲散吧。

路易斯一邊走著一邊思考該如何避免這種麻煩的情況發生，就在他邁出沉重步伐的瞬間。

「路易斯！」

路易斯聽見身後傳來的呼喚聲，心裡咯噔一沉，腳下跟著止步。還在想著要避開麻煩呢，立刻砸下來一個更大的麻煩。

「……閣下，您怎麼會在這裡？」

他轉過身來，摳了摳臉頰，望向站在那裡彷彿在等待著自己的威頓公爵。

「我在等你。」

「……您在這裡等我？」

雖然看他的樣子像是在等人，沒想到他卻是真的在等待著自己。而且不是在偵訊室，也不是在團長辦公室門口，竟然是在太子宮前。手上拿著幾份報紙的威頓公爵將報紙伸到了路易斯面前問道：

「這是真的嗎？」

# Chapter.6 ✦ ✦ ✦

他手中的報紙幾乎都是今天早上出刊的。前面三四頁大多是最新的連環殺人案的大篇幅報導，但是翻開來的那一頁寫的則是路易斯和梅特涅的緋聞。

「不是的，這怎麼可能呢。」

路易斯一看到文章的開頭就立刻否認了。威頓公爵翻開的那則報導隨便一看就都是虛構不實的內容。根本是一篇充滿想像力的幻想小說，通篇杜撰了路易斯在梅特涅寢室裡的六個小時做了哪些事情。

整整六個小時不斷地從寢室裡傳出淫聲浪語、換床單的侍從據說還驚訝地吐舌，做到這種程度的話，路易斯爵士沒有懷孕才更是奇怪等等，盡是些亂七八糟的造謠。

「這些真的不是事實嗎？」

路易斯覺得自己受到了污辱，反問對方：

「這些怎麼可能會是事實呢？」

他雖然大致上知道外面在傳著什麼樣的謠言，但沒想到有人會拿著這種嘲諷性質的報紙攤開在自己面前，質問著上面的內容是否屬實。報紙上甚至指稱路易斯因為沉迷於和皇太子的關係當中，為了草草快速結案，逮捕了不是真兇的里克當作連環殺人犯的代罪羔羊。

見路易斯發自內心地感到不快，威頓公爵頓時倉皇失措了起來。

「不是、我只是怕你都還沒回覆我，就在跟皇太子交往……抱歉，我不是那個意思的。是因為等到後來越來越焦躁不安——」

威頓公爵朝向路易斯走近了一步，著急地解釋著。

路易斯仰起頭，看著對方簡直快要哭出來、不知所措的模樣，像是深怕傷害到自己的感情。

「對不起，是不是害你傷心了？」

「……」

路易斯咬著下嘴唇看他。

彼得說得沒錯。他的言行舉止完全就是戀愛中的樣子。自己雖然沒有意識到這一點，如今回想起來，他似乎一直都是這副模樣。原來，這就是平時和他相處時總感覺到些許不自在的真正原因嗎？

路易斯微微嘆了口氣：

「雖然心情確實是不太好……但是沒關係。造成那種報導的散佈，我也有不對的地方。」

「我、」

威頓公爵靠了過來，一把抓住路易斯的胳膊，掌心帶著灼熱的溫度。驟然的貼近讓路易斯下意識想要後退，威頓公爵卻不肯放手，逼得路易斯必須在極近的距離之下面對著他。

「我真的喜歡你喜歡很久了，路易斯。我對你的心意也許會讓你感到負擔或是排斥……聽你說願意考慮的時候，我真的好高興，所以想要盡量不催促你，耐心等你給我答覆。但是當我

# Chapter.6 ♦ ♦ ♦

看到這些報導，我真的再也沒辦法忍受——我也知道這種文章都是捏造的小說，但還是——」

他一臉痛苦地深吸了一口氣。漲紅的臉龐，情真意切的嗓音和表情。全身的身體語言都在表達著對路易斯的感情。

花園裡的風沙沙地吹過，飄來一股清爽的草木香氣。

對方健全熱情的心意令路易斯心生歉疚。面對這麼一個真心誠意的對象，自己卻如此惡劣的敷衍人家。當時被告白了之後，一時措手不及地跟對方說需要時間考慮，然而事實上，路易斯剛考慮就立刻做出拒絕的結論。明知對方在等待著自己的答覆，卻一拖再拖，還試圖抹去錯誤的一夜情所產生的孩子。

腹部忽然一陣刺痛。

「閣下，非常抱歉，我和您——」

就在路易斯準備說出推遲已久的拒絕時，砰！

被一聲巨響和閃光給嚇了一跳，路易斯轉頭向側邊看去。一名男子急匆匆地正要逃跑，他單手抱著的那個大箱子肯定是一台照相機沒錯。那身令人厭煩的花呢格紋，還有他手裡拿著的小冊子，一看就知道是可惡的狗仔記者。

「……」

原本還呆在那裡不知道發生什麼事的路易斯一下子忽然反應過來，明天的報紙頭版會出現怎樣的內容。

他已經可以想見這樣的標題：與皇太子有染的路易斯．艾力克斯爵士同時和威頓公爵糾纏不清。

狗仔為了拍到皇太子和路易斯．艾力克斯同框的照片，大概抱著又大又重的相機等候了一整天，現在被他捕捉到了更大條的重磅消息，應該覺得不虛此行了。

路易斯雖然朝向慌張逃逸的記者追去，轉眼間，那傢伙已逃得不知去向。想要在彷若迷宮般錯綜複雜的花園裡重新找出那個傢伙，簡直是天方夜譚。

「——哎，該死的。」

老天，您是想把皇室的男人一網打盡，不打算抓犯人了嗎？

薩布里娜的嘮叨聲似乎已經在路易斯耳邊嗡嗡作響了。

♦ ♦ ♦

路易斯追丟了記者，等他再回到原處時，威頓公爵當然也已不見身影。

在照相機的閃光燈亮起前，路易斯正要開口拒絕的那一刻，他看見了公爵眼裡的動搖。對方一定是知道了會被拒絕，難怪不願意留在原地。

## Chapter.6 ✦ ✦ ✦

「……」

這幾天實在是難事一樁接著一樁，想好好吃飯睡覺都沒辦法，案情發展又撲朔迷離毫無頭緒，私生活更是幾乎已毀於一旦。

路易斯這輩子第一次有了人生在世好難好辛苦的念頭，步履維艱地走著。

太子宮的入口終於出現在眼前。待入宮之後，內心又會遭受到怎樣的打擊呢？路易斯已經能猜想到勢必會有一波猛烈的攻勢來襲，足以讓至今為止襲擊他的那些招數都變得如同玩笑話一般黯然失色。

路易斯帶著瀕死前放棄掙扎的心態進入宮殿裡。

「您來了。」

前腳剛踏進去，班奈狄克彷彿恭候多時地快步上前迎接。他連打招呼的時間都不給，立刻將路易斯領了進去。

「請快往這邊，殿下正在等您。」

班奈狄克疾步為路易斯帶路時一邊解釋道。

正在等我？路易斯內心疑惑的同時，也三步併作兩步地跟上前去。

「湯品是蘑菇濃湯，主菜是鮭魚和各式海鮮菜餚，甜點則是水蜜桃雪酪。因為您說您吃不了肉類，所以這次都沒有準備肉類餐點。除此之外，您有什麼不能吃或是想吃的食物嗎？」

「這麼早就要吃午餐了嗎？」

路易斯查看了口袋裡的懷錶，現在才十一點鐘。聽見路易斯的問題，走在前方的班奈狄克倏地停下了腳步，轉身注視著路易斯。那道目光嚴寒如冰，令路易斯忍不住嚥了下口水。

「這並不是午餐，艾力克斯爵士。」

「咦？」

「我說這不是午餐，殿下從昨晚開始就為了等待爵士而延後用膳，當然了，也因此整晚都沒就寢。」

「什麼？」

路易斯還在傻傻追問，身旁的侍從們已經敞開了他面前的門扉。

「——！」

率先映入眼簾的，是象徵了優雅與高貴的長餐桌。數不清的空椅子在兩側整齊地排列著，正中央裝飾著美麗的花朵。

梅特涅正坐在長餐桌的最尾端。

班奈狄克從後方推了推還呆站在門口的路易斯。路易斯向內跨了一步，然後朝梅特涅望去。他正一臉面無表情地看著路易斯。

梅特涅和用全身表達著情意的威頓公爵正好相反，路易斯從他身上沒有感受到半點情感。

# Chapter.6 ✦ ✦ ✦

那好看的臉蛋上毫無表情，神秘的眼眸黯淡無光——像是在生氣似的。

「昨天是——」

路易斯正欲開口道歉，梅特涅就截斷了他的話。

「坐吧。」

他輕輕揮了下手。

路易斯猶豫了片刻，走到了離梅特涅最遠的長桌另一端，然而班奈狄克已經先一步替他拉開椅子，預備好讓他就座。

就在梅特涅旁邊，離他最近的那個位子。

「……」

稍稍嚥下一口氣，路易斯在班奈狄克的建議之下，在梅特涅右手邊的位子就座。這裡通常是女主人入座的位置。

路易斯才剛坐下，餐點就迅速地被端上桌。梅特涅不發一語，逕自舀了口湯開始用餐。

餐桌上擺滿了作為開胃菜的各式新鮮沙拉、各種種類的麵包和水果。班奈狄克雖然說是準備了蘑菇濃湯，光是湯的種類就有五種可供選擇。蘑菇、南瓜、洋蔥等等，全都是不含肉類的湯品。

路易斯怔怔地看著桌上這些食物。

「這些你也不能吃嗎？」

梅特涅的提問帶著輕鬆之意，並沒有摻雜著怒氣或是壓迫感。他的語氣反而給人一種感覺，假如路易斯回答不能吃的話，他會叫人把這桌餐點全部撤掉，換上別的食物。

「沒、沒有。我可以的。」

很久沒有見到這樣整桌無肉的餐點。要是沒有特別吩咐，貴族們的餐桌上通常是無肉不歡的。路易斯已經將近一個月沒有正式吃上一頓飯了，最近總是用雞蛋三明治那類輕食果腹。

路易斯拿起湯匙，舀了一匙面前的湯送進嘴裡。味道當然非常美味，先前每次進食總是翻攪不適的腸胃現在也很安穩。路易斯將沙拉、湯、麵包不斷地往嘴裡塞，不經意抬頭，才發現梅特涅正用那雙慵懶的眼睛看著自己。那道直勾勾的視線，就像是在觀賞著路易斯進食似的。

「……那個，您真的為了等我，都沒用膳嗎？」

即使心裡覺得這種可能性微乎其微，路易斯還是忍不住好奇。儘管班奈狄克的神情不像是在說謊，路易斯還是感到無法置信。這個即將成為下一任皇帝的男人，竟然會為了自己，整整餓了兩餐，不吃不睡癡癡地等待？

梅特涅笑笑地答了：

「沒錯。」

路易斯一時語塞，閉上了嘴巴。

「往後我也會這麼做的，所以你可要記得餐餐過來報到，再讓我等一次的話，到時只好以傷害皇室成員為由，將你送上絞刑臺了——如果你不想比兇手更早被吊死的話，最好是乖乖遵守。」

梅特涅用聽不出是否在開玩笑的口吻叮囑著，撕了一小塊沙拉菜放進嘴裡。

「……」

路易斯轉頭看向站在身後的班奈狄克，他依舊用可怕的目光瞪著自己。那眼神彷彿在說，如果敢再害梅特涅餓肚子的話，他就要直接把路易斯拖到絞刑臺上去。

吃完開胃菜後，鮭魚和海鮮餐點上了桌。路易斯宛如要彌補之前一直不能好好吃飯的怨憾，一口接著一口。似乎是考慮到了路易斯左手纏著繃帶的情況，大部分的食物都已經剝皮去殼，要不就是切成可以單手拿起來食用的大小。

雖然路易斯腦海裡的某個角落還在思考著自己是不是應該先道歉、是不是該多注意一下梅特涅的神色，然而路易斯的手卻不由自主地動作著。餐點持續地被端出來，路易斯吃完了兩籃麵包、六道主菜，甚至還吃完了甜點，才好不容易放下了叉子。

「吃飽了嗎？」

托著下巴一直在看路易斯吃飯的梅特涅問道。

路易斯拿起餐巾擦嘴，點了點頭。不知道吃得有多忘我，比起當時在彼得的病歷表上看到妊娠那兩個字，現在這一刻的路易斯更加真實地感受到自己懷了身孕。

「下午茶在花園裡享用好嗎？」

班奈狄克上前詢問，梅特涅點點頭，從座位上起身。路易斯連忙放下餐巾，跟在他的身後。餐廳一側整排相連接的門全部打開後，立刻出現了美麗的花園。

梅特涅散步似的，悠閒地帶頭走在前面。

雖然通往太子宮的那條路風景已經足夠美麗，但是從餐廳連接到下午茶地點的這條路更是特別漂亮，道路兩旁開了滿滿的藍色繡球花。

路易斯跟在梅特涅身側後方半步的距離，內心不禁要讚嘆，世界上再也找不到比梅特涅更適合花朵的男人了吧。秀麗的髮絲在陽光下閃耀著光芒。路易斯情不自禁地偷覷著他美麗的側顏，還有臉頰上的那一顆小痣，不知不覺就來到了用大理石砌成的西式涼亭，周圍佈置著紅玫瑰的藤蔓造景。

亭子中央放著一張小桌子和兩把椅子，下午茶已經準備好在桌上了。梅特涅在椅子上坐了下來，侍從倒好兩杯茶就默默地退下了。

路易斯看了看周邊的景色，然後在梅特涅對面坐了下來，低頭注視著冒著熱氣的茶杯。

「……」

果然是哪裡怪怪的。

餓了兩頓飯，苦等了一整天的梅特涅，非但沒生氣，還比平常更加溫柔。光是他會為了自己不吃不睡的這一點就很詭異了，還有他現在的表現也是令路易斯無法理解。

這不像他會有的反應啊，太陽今天是打西邊升起了嗎？照理來說，他不應該這樣又供飯又給茶的，他的一貫作法是把罪行一一放大檢視，質問到對方會覺得乾脆被吊死還比較痛快的地步。現在實在安靜得過於反常了。難道是因為真的有把自己送上絞刑臺的想法，所以現在才要對自己那麼好嗎？

路易斯為了不再緊張，啜了一口擺在眼前的茶。茶的澀味和淡淡的香氣安撫了胃部的沉重感。

「昨天……」

路易斯放下了茶杯，張嘴想要解釋。梅特涅抬起眼，目光越過了茶杯看他。懶懶散散的紫眸裡含著笑意，俊美無儔。

「昨天非常抱歉，因為案件十分緊急……沒想到您會一直等我。」

「是嗎？看來你以為我說的話純粹是在開玩笑？」

梅特涅就連帶確認性質的反問都如此直接了當，聽起來像是頗能理解路易斯的做法。路易斯不停點著頭，訝異地看著梅特涅親切和藹的樣子。此時的他整個人甜美得宛如棉花糖一般。

秋風涼爽，日光和煦。肚子填飽了，下午茶也美味。馥郁的玫瑰花香似催眠般地融化了心房，而坐在路易斯面前的梅特涅美貌奪目，溫情四溢。

「聽說早上發現了新的屍體。」

路易斯還在想著要怎麼提及案件協助的事，因此十分感謝梅特涅先開啟了這個話題。他呆呆地點頭，著了迷似的望著舉止反常的梅特涅。

梅特涅一邊小口抿著茶一邊說道：

「還以為已經破案，稍微感到放心了，沒想到突然又變成如此棘手的情況……你應該正忙於辦案的，竟然特地抽空來見我，實在是太貼心了。」

梅特涅喃喃自語地感嘆著，一邊放下了茶杯。

貼心？梅特涅和藹可親的程度過於誇張，路易斯動作停滯了一瞬，卻見對方莞爾一笑，笑得比剛才吃的水蜜桃雪酪還要香甜可口。

「想必你是在為我的三餐作息擔心，怕我為了等你而徹夜未眠對吧？」

梅特涅笑著搖頭，一副拿路易斯沒辦法的模樣，語畢又加了一句話：

「總不可能是因為第一警備團的支援被中斷，你才趕忙跑來的吧？」

「……」

路易斯無法否認，只能咧著嘴乾笑。

梅特涅的笑容驟然變得陰鷙而深沉。

「──！」

伴隨著砰地一聲巨響，路易斯感覺身體被向後推開，他陡然站起，身下的椅子哐地撞在了

# Chapter.6 ✦ ✦ ✦

大理石牆面上，變形碎裂。要是路易斯剛才沒有趕快起身，還傻坐在椅子上的話，和大理石相撞的就是他的腦袋了。

「……」

路易斯一臉呆若木雞地低頭看著還坐在原位的梅特涅。很明顯的，剛才是梅特涅用腳踹了路易斯坐著的椅子，而他現在還一副若無其事的樣子，慵懶地微笑著。

「殿、殿下……」

「路易斯。」

「是的？」

與他的笑容相反，呼喚著路易斯的嗓音冷冰冰的。

「看你不太清楚我才好心告訴你，你現在俯視著皇太子的行為是非常無禮的。不能因為沒有椅子坐，就這樣居高臨下地看著我啊。」

梅特涅緩緩地歪著頭，日光焦點落在了地板上。

眨了眨眼睛，路易斯趕緊跪在梅特涅跟前，彎腰趴伏在地板上。

「哎呀，地板很冰的，沒關係嗎？」

「不會。」

大理石地面宛如冰塊，但路易斯還是搖了搖頭，吸氣屏息。頭頂上方傳來的聲音冷得令人駭然，以至於地面簡直像暖爐一樣溫暖。

見到梅特涅那柔軟的低姿態時，雖然也想過這不真實、這樣不太對勁，然而現實比預想的還要殘酷上許多。

頭頂傳來一陣低沉的笑聲。

「把頭抬起來，路易斯。」

摻著笑意的嗓音怎麼能夠如此冷冽，冷到路易斯覺得心臟都快要裂開。他慢慢地抬起了頭。仍然坐在椅子上的梅特涅彎下腰，伸手捧住了路易斯的臉頰。

「我不是有告訴過你小白兔遊戲還沒結束嗎？」

「因……因為我以為案子已經結束了，所以……還以為遊戲也結束了。」

聽了路易斯結結巴巴的回答，梅特涅冰冷如霜的紫色瞳眸剎那間彷彿啪啦地碎裂開來。他漂亮的臉龐依舊，然而此刻的眼神卻陰森得令人發毛。路易斯嚇得一抖，不自覺想要後退，但是梅特涅的手並沒有放過他的臉。

「──好，是這樣沒錯，因為案子還沒結束，所以你又來拜託我是嗎？」

路易斯沒辦法回答。緊緊扣住臉頰的手不讓他開口說話。梅特涅像是不需要聽到答覆般，自顧自地接著說道：

「不對，該不會是我想的那樣吧……你敢把我當白痴耍？」

# Chapter.6 ◆ ◆ ◆

「……」

路易斯嚥下一口口水，和湊近他面前的梅特涅對視著。那雙紫瞳已不再像冰塊，美麗的眸子裡帶著一股懾人的凶光。煩躁、憤怒、屈辱感、失望，各種情緒在他眼裡翻騰，一抹駭人的殺意霎時閃過，似是在考慮是否要就這樣殺了對方。

路易斯氣都不敢吭的緊閉著嘴，垂眸看他的梅特涅極其緩慢地閉上了眼才又睜開。消失了片刻後重新出現在眼前的瞳孔再次變得淡漠如冰，殺意已不復存在。

「……」

他的手慢慢放開了路易斯的臉頰，手指頭一根一根地離開，被他緊捏過的地方灼熱地發疼。

「那倒是——」

梅特涅挺直了腰桿，用高高在上的姿態睥睨著路易斯。

「若沒有特別的要事，你怎麼可能願意來見我呢？反正我是否等你等了一整晚也與你無關。想到工作一結束就可以不用再看到那個討厭的傢伙，你一定覺得很慶幸吧？」

帶著笑意的聲音讓路易斯張了張嘴，他想起自己不想赴約而輕易地回絕了晚餐邀請的那個瞬間，確實是無可反駁。梅特涅翹著腳，揮了揮手，用輕鬆隨意的語氣道：

「可惜了，那傢伙如果是真正的兇手，你就不必這樣非得來見一個不想見到的人了。」

簡直像是他由衷地感到理解。

路易斯頭也不敢抬，只能吞著口水。語調冰冷，措辭犀利，他的每一個字都猶如利刀般地刺向了路易斯。雖然在踏進太子宮前已經做過一番心理準備，但是梅特涅的話語還是讓路易斯毫無招架之力，沒有任何藉口也無法爭辯。沒想到他先前溫和的態度會是暴風雨前的寧靜。路易斯忽然佩服起對方在如此盛怒的狀態下，還能先讓自己用餐，甚至看著自己吃下甜點和午茶。

「怎麼辦好呢？」

梅特涅歪著頭問道。

「你應該是來請求我幫忙的對吧？」

頭頂上方的聲音突然安靜下來，似乎是陷入了思緒當中。路易斯深吸了一口氣，正當他感覺不妙時，果不其然，伴隨著後腦杓劇烈的痛意，梅特涅正一把抓住了路易斯的頭髮，強迫他抬起頭來。

「我是看你可愛，才願意一直幫助你，但老實說，我現在已經不想那麼做了，既然是你擅自結束了小白兔遊戲，那我好像也沒有理由要和你見面了。」

梅特涅揪著路易斯的頭髮，拽了過來，在他耳邊低語道。

路易斯抬眸看向梅特涅，只見他笑得狡黠。

「那個、對不起，我真的沒想到您會等、」

梅特涅倏然間咬上了路易斯的下唇，逼得話說到一半的路易斯忽地住嘴。

# Chapter.6 ✦ ✦ ✦

「——！」

帶著腥味的血液流淌進嘴裡，路易斯本能想後退，抓著他頭髮的梅特涅卻不允許他這麼做。裂開的唇瓣被大力地吸吮，路易斯在一股刺痛感當中張開了雙唇。於是梅特涅香甜的吐息和舌肉便從那開啟的唇縫當中攻陷進去。和路易斯對視的目光依舊清冷，揪著髮絲的力道也仍然猛烈，然而相碰的唇瓣卻是那麼溫熱，在口中翻攪的舌頭是如此熱切。梅特涅用手攫住路易斯的雙頰，讓他張開嘴，執著地刺激著他的上顎。路易斯無法合上嘴巴，匯積在嘴角的唾液溢流而下。令人顫慄的心癢感受迫使路易斯的耳垂開始發燙起來。

「啊——！」

梅特涅鬆開了路易斯的下巴，在路易斯發紅的耳垂上節奏緩慢地舔拭著。他兩手扯開了路易斯的襯衫，像是想把衣服給撕裂似的。路易斯一後退，梅特涅乾脆壓下他的肩膀，將他整個人放倒在地毯上。

「——！」

耳垂和脖頸被梅特涅不停地舔弄，那裡是他最敏感的部位，路易斯只能無助地喘息。他被梅特涅壓得無法起身，兩人雙腿糾纏在一起。梅特涅的大腿色情地抵在了路易斯的下身。

「等等、呃、殿下！」

突如其來的刺激讓路易斯嚇得要推開對方，梅特涅的嘴還貼在路易斯的頸部，哈啊地發出一聲嘆息。路易斯被那聲低嘆震得不禁咬牙，肩膀抖了一下。他立起膝蓋試圖藏起他的胯部，但是梅特涅肆無忌憚地在他褲襠處摸索著。

「路易斯，腿要張開來才行啊。」

梅特涅在他脖子上啃咬著的同時在耳邊呢喃道。伸到雙腿之間的手握住了路易斯的性器，熟練地隔著褲子抓住了陰囊揉搓著，使得路易斯的大腿不住地顫抖。感覺自己快要發出呻吟，路易斯緊咬著嘴唇，隨著一股鼻酸的感覺，嘴裡嚐到了血的味道。

「該死……你都已經硬了還等什麼等啊？那些賣身的妓女都沒你淫蕩，竟然這麼容易興奮。」

梅特涅的一隻手在路易斯的胸口緩緩抓撓，繼續在他脖頸處舔弄。他在之前留下的吻痕上吸吮，用牙尖囓咬，使痕跡更為清晰。路易斯的胸口和耳垂早已興奮漲紅，身上的紅印子也顏色漸深。

「呃、不、請不要這樣——！」

路易斯大大地喘著氣。

在他脖子被吮吻得頭昏腦脹之際，梅特涅的手解開他的褲頭褪了下去。白皙端正的手掌滑進了內褲裡，在路易斯的性器周圍揉捏著。裡面變得濕濘濘的，不知是汗水還是什麼別的液體。

Chapter.6 ✦ ✦ ✦

「為什麼不要？因為遊戲結束了？——真是的。」

梅特涅握住了路易斯的性器，輕輕地套弄了一把。被掏到內褲外面的陰莖已經是完全勃起的狀態。路易斯慌忙地用手遮住，卻聽見了一聲低低的嘲笑。

「你好像還沒準備要結束啊？」

梅特涅長舔著路易斯的乳頭，還伸出舌頭來捲弄。他熟練地用手撫過腰部，趁路易斯身體縮瑟的瞬間，把他的褲子向下脫至膝蓋。不上不下的褲子剛好勒住了路易斯的雙腿。

「殿、殿下——拜託了！」

路易斯躺在在隨時可能有人經過的涼亭地板上，下身暴露在外被撫摸著、被梅特涅壓在身下無法逃脫。被他觸碰到的每個地方都在發燙，路易斯光是為了躲避他的觸碰就已經暈頭轉向。熱氣氤氳著視線，路易斯生平第一次體會到這種感覺。

好不容易推開了梅特涅，路易斯側過身子，整個人蜷縮了起來。然而他連氣都還沒喘夠，梅特涅隨即又對他出手，摟著路易斯的腰將他攬入懷裡，同時搓揉起路易斯的肉莖。另一隻手則是在剛才舔弄過的乳頭上搔癢似的摸著。

「——啊！」

梅特涅咬住了路易斯的後頸，路易斯唇畔忍不住逸出驚呼。他咬住下唇，試圖用手摀住接連不斷的呻吟，梅特涅於是更加急切地愛撫著路易斯的身軀。摩挲著前端的手指結實而粗獷，讓路易斯意識到了這確實是男人的手掌。黏滑的液體從不停搓弄的鈴口處滲了出來。路易斯越是頂著腰，想要擺脫梅特涅的雙手，後面那硬挺勃發的肉棒越是抵住他的臀部。

「呃、請別、請別這樣！」

「說什麼呢，你明明都喜歡成這樣了……而且，」

話說到一半停了下來，梅特涅在路易斯身後發出了嘆息。他看著路易斯泛紅的後頸，抿了幾下嘴巴。

「你太淫蕩了。」

聽到這番喃喃低語，路易斯的身體整個燒了起來。嘲弄的嗓音帶著濕意，下腹一陣緊繃。梅特涅技巧純熟地套弄著路易斯的性器。

「請、請放開我，受不——！」

驀地，路易斯緊閉上眼，張著嘴無聲地粗喘著。梅特涅的手揉著敏感的前端，快速地上下撫弄。在他欲擠出精液的手部動作之下，路易斯感覺到一股強烈的射精欲望，還來不及忍耐，就一股腦地射了出來，透白的液體濕淋淋地將周遭打濕。

「哈啊，哈啊……」

路易斯縮著身子不停喘息。全身因為歷經了高潮而熱燙不已。濃郁的玫瑰香氣中夾雜著一絲淫靡的味道。唇瓣上有血腥味，路易斯濕透了整張臉，分不清是汗水還是淚液。

# Chapter.6 ✦ ✦ ✦

眼下是一片的狼藉。路易斯的前方是開放式涼亭的桌子，他正躺在桌子旁鋪著地毯的地板上。在這個隨時可能有人經過的地方，路易斯的襯衫掛在手臂處，陰莖和屁股竟然都毫無遮掩地敞露在外，整個人氣喘吁吁的。路易斯懵在那裡，腦袋好像停止了運轉，無法思考發生了什麼事情。

下半身被射出的精液給弄得濕糊黏膩，路易斯宛如掉進水裡的人兒，他渾身濕透，大汗淋漓。然而梅特涅卻不打算就此停止，他將癱軟的路易斯給扶了起來。

「殿下，我不要了……」

「怎麼可以說不要呢，你自己爽完就要結束？哎，還真是厚臉皮。」

「……」

路易斯深吸了一口氣，閉上嘴後抬眼看著梅特涅。他用手背按了一下嘴角，白色的繃帶上立刻沾染了血跡。昨天受了傷的左手陣陣發麻。

梅特涅促狹地笑著。他的眼神不再冰冷，而是變得火熱。興奮漲紅的臉頰也浸染著汗水。路易斯原本就覺得梅特涅的臉蛋生得十分性感，現在加上微濕的髮梢，鮮紅的唇瓣，還有那慵懶的視線，竟讓路易斯的下腹又是一陣緊縮。路易斯盯著梅特涅的臉，目光遲遲無法移開。梅特涅臉頰上的那顆小痣在一貫的端莊姿態下也散發著頹廢美，現在則成了騷氣的化身。

梅特涅扶起路易斯後將他抱了起來。卡在腳踝的褲子掉落在地，路易斯沒辦法去撿，只能連忙拉上褪至大腿的內褲。梅特涅將路易斯放倒在涼亭內側的軟墊躺椅上。

「幹嘛又把內褲穿起來，不是都濕了嗎？」

微微一笑，梅特涅再度把路易斯的內褲扯下，抹了一把內褲上沾染的黏液給路易斯看。路易斯的臉因為那濕答答滴落的液體而漲得通紅。

「那個、這、這種事是不對的……殿下，我——」

梅特涅並沒有放任路易斯語無倫次地拒絕自己，他用嘴唇含住了路易斯的唇瓣吸吮著。路易斯發出了興奮的喘息，梅特涅的吻和過往路易斯與女人的親吻截然不同。他的吻技巧嫻熟得多，也更為甜美。不是模樣好看地嘴對著嘴，而是不停摩擦著上顎、像搔癢似的吸吮著嘴唇。舌頭忙著糾纏在一起，不給人換氣的時間。路易斯被吻得恍恍惚惚，梅特涅的手掌悄悄撫上了他的大腿。

「……光是接吻就會露出這樣的表情，還裝什麼清純？」

嘆了口氣，梅特涅露出了笑容。在大腿後側輕撫的手掌充滿了流連忘返之意。漸漸朝著隱密之處移動的手在穴口周圍探索著，然後一把捏住了路易斯的臀部。

「啊、嗬！」

「如果你需要一個藉口，那就怪我好了，一直以來你都是這樣想的不是嗎？怪罪一個難以理解的瘋子，任由他的擺佈——那這次也當作是如此吧。」

# *Chapter.6* ✦ ✦ ✦

梅特涅在路易斯的耳邊低喃道，同時將路易斯的大腿併起，單手掐住了膝蓋。盛氣凌人的性器從他的褲襠裡彈了出來。

「啊，等、等一下！」

路易斯倒抽了一口氣，嘗試要掙脫對方的手，梅特涅已經早了一步將下身牢牢地壓在路易斯的雙臀之間。路易斯兩腳被扣著擠壓在自己的胸膛上，下體赤裸，一清二楚地展現在梅特涅眼前。路易斯陡然想起了四個月前猶如惡夢般的那個夜晚。其他的事一點都想不起來，唯獨依稀記得那物體進到了體內之後的感受，還有身體隔天的情況。

路易斯不自覺地繃緊了大腿。

「嗬——」

梅特涅的性器擠進了路易斯兩腿縫隙之中，在穴口上方到囊袋之間的地方來回磨蹭著。緊攏的雙腿之間，強行塞進來的肉棒帶著一股彷彿要插進路易斯體內的狠勁。

「呃、嗯、等等——」

在大腿根部抽插的肉棒像是真正在交合般地動作著，令路易斯喘息不已。被汗水和黏糊的液體浸濕一片的胯部被快速地摩擦。

路易斯咬著牙，嚥下流瀉而出的啊啊呻吟。被不斷搓揉的隱密部位已經灼熱得快讓人窒息，路易斯的大腿因此不停顫抖著。剛射精完沒過多久，敏感的肌膚滾燙發熱。

「請、請別看我！」

路易斯無法與俯視著自己的梅特涅對視，把臉轉了過去，卻被梅特涅逮住了下巴，擺正了他的臉龐。路易斯羞恥地想閉上眼睛，梅特涅這時厲聲說道：

「給我好好看清楚了，看看你正在和誰做著什麼樣的事情。你要是敢閉上眼，我可是會下手更重的。」

近在耳邊的威脅話語讓路易斯無法閉上汗濕的眼簾，乖乖抬起臉來看著梅特涅。

「路易斯。」

「……是。」

望著注視著自己的紫色雙眸，路易斯嚥下了滿嘴的唾液。心臟瘋狂地跳動著。在上方俯視著自己的梅特涅，美到讓他一時忘了自己身在何處、正在做著什麼事情。雖然梅特涅要他好好看清自己目前的處境，睜著眼睛的路易斯卻是一無所知。

他只看到梅特涅白皙的臉蛋興奮漲紅得如水蜜桃一般粉嫩，垂落而下的濕髮既性感又清純。路易斯遲疑了一下，不由自主地伸出了手，將梅特涅掉落的髮絲拂至耳後。

「——」

於是在這一刻，梅特涅露出一個好看的笑，吻上了路易斯的嘴，路易斯的手掌也終於撫上了這個他一直很想觸碰的白皙面頰。當路易斯輕觸到那顆小痣，一股莫名的甜蜜感搔弄著路易斯的掌心。

梅特涅緊抓著路易斯的大腿，將其往兩旁分開。泛紅的胯部、黑色的陰毛、性器已經硬挺挺地豎立起來。欣賞完濕濡的下身，梅特涅深情注視著路易斯紅通通的臉。

當路易斯的視線和他對上，他摟住了路易斯的肩膀，讓兩人身體相貼在一起。他的陰莖緩慢地和路易斯的互蹭著，只不過是肉萃彼此摩擦而已，卻比用手握著套弄搖晃更有感覺。

濕漉的陰毛被摩挲著，攪弄著剛才流瀉而出的精水，動作簡直令人無法忍受的色情。兩人額頭相抵，看到梅特涅瞇著眼睛火熱地喘著息的模樣，路易斯眼前一陣恍惚。

「唏、呃嗯——」

雖然路易斯緊咬著下唇試圖隱忍，還是立刻就射了出來。一股股溫熱的液體噴灑在肚子上。

路易斯因高潮而渾身打著哆嗦，梅特涅咬著他的耳朵，往裡吹氣：

「你果然就像隻小兔子。」

這番調戲的話語讓路易斯的耳際熱燙不已。

有哪個男人可以看著對方用那麼性感的表情俯視著自己，還能忍著不射出來，那才是神奇吧？辯駁的話已經來到嘴邊，路易斯卻上氣不接下氣地一句話都說不出口。

梅特涅將路易斯的手拉過來覆在自己的性器上說道：

「摸摸它。」

這不是命令，而是強迫。梅特涅的手包覆在路易斯的右手上，握著自己的性器輕輕地搖晃。

「……」

路易斯一隻手被借走，用著另一隻摀住了自己的嘴巴。眼前自慰著的梅特涅是如此淫蕩，甚至讓路易斯不由得對父母懷抱著一絲歉意。

一隻手沒辦法完全掌握的碩大性器在手心裡的觸感十分奇異。梅特涅發出了哈啊的低嘆聲，淺淺地笑著。伸出舌頭舔了舔下唇，他讓路易斯的手加快速度地上下滑動。

「這麼生疏的手淫我還是第一次經歷呢……但還是……」

喃喃自語的梅特涅瞇起了眼睛，紫色的瞳孔在細長的眼眶之間變得朦朦朧朧。梅特涅的性器汩汩流出白濁的液體來。再多套弄幾下，噴洩而出的精液隨即把路易斯的肚子射得濕答答的。

「……」

路易斯感覺大腿抽搐了一下，發現自己半勃的那根也流出水來，連忙羞得抬起手臂遮住了眼睛。明明碰都沒碰，竟然只因為梅特涅高潮的神情太過性感，就這樣跟著洩了出來。

「本來是想懲罰你的，你也太過享受了吧。」

「……」

路易斯無言以對，無法反駁。還好意思說這是小白兔遊戲，根本比真正的兔子還要累人。彷彿使勁全力地一路狂奔，心臟狂跳不已，全身都在發燙。此刻觸摸身體的任何部位都會點燃

# Chapter.6 ✦ ✦ ✦

肌膚的熱度，路易斯只能縮起極度敏感的身子。連續射了三次之故，連指尖都不想動彈的虛脫感襲擊了全身。

「……」

路易斯已經不知道什麼是什麼了。他不願去思考自己是怎麼會和梅特涅做出這種事情、此刻他為何會在自己的身上微笑著。還以為他會大聲斥責，生氣地想立刻砍了自己的頭，沒想到卻是突然吻了過來。用啃咬唇瓣的方式堵上嘴巴，然後……

「──」

路易斯用手摀住自己燒紅的臉頰。感覺實在太過羞恥了，根本無法正視對方的臉。梅特涅像是在玩弄路易斯肚子上那些黏稠體液，在上面抹來抹去的。

「剛才那樣狼吞虎嚥的，肚子這麼快就鼓起來了。全身瘦巴巴的，只大著肚子，簡直就像……」

簡直就像什麼？路易斯嚇得身子一顫，推開梅特涅的手坐了起來。

「──」

路易斯低頭看著自己的小腹，梅特涅沒有在開玩笑，他的肚子真的微微凸了出來。前兩天照鏡子時還一點都看不出來的，身子瘦了之後，突出的部位於是變得更明顯了。

話說到一半的梅特涅像是在納悶路易斯幹嘛要這麼緊張，嘴角微勾：

「——像隻金魚似的。」

然後他用沾染了精液的手掌覆在路易斯僵硬的臉龐上。

「待會過來吃晚餐吧。」

「……您的意思是——」

見路易斯楞楞地張著嘴，梅特涅接續說道：

「沒錯，雖然你是真的很可惡，可我什麼時候贏過你了？可愛成這樣子，我怎麼有辦法不答應你的請求呢？」

「……」

他何時答應過自己的請求了？路易斯在心裡疑惑道。儘管似乎有許多疑問，路易斯還是選擇閉上了嘴。臉和脖子都被梅特涅抹上了精液，路易斯抬起臉來看著他露出滿足的笑容。

「雖然你可愛到讓我無法痛下殺手，不過……」

梅特涅歪著頸子俯視路易斯：

「如果你今晚也放我鴿子的話，我可不知道自己會做出什麼事情來。說不定會在你妹妹或那個高傲的副團長面前，做出比剛才更過分的事……」

「……」

如果是梅特涅，他的確有可能會做出這種事。

# Chapter.6 ✦ ✦ ✦

梅特涅站起身來，整理了下儀容。他扣上原先解開的襯衫釦子，也好好繫上了褲頭。穿上外套，在脖子圍上絲巾，再撫平稍微凌亂的頭髮，經他一番整理過後，看起來就像什麼事都沒發生過的模樣。

簡直無法想像他們剛剛才在這裡互相握著對方的性器手淫，他還插進了自己的雙腿之間，宛如禽獸一般地擺動著腰部。

「……」

路易斯失神地望著梅特涅，看他身上曾經流淌而出的欲望，漸漸消失在衣服的縫隙當中。路易斯再默默低頭看向自己凌亂的這一身。

被強行扯開的襯衫釦子只剩下三顆，其餘的下落不明，褲子和一隻鞋子則在遠處的桌子底下。內褲掉在躺椅的下方，但是被精液弄得黏黏濕濕的。路易斯的身上也到處沾染著精液，油光水滑的，胸口處被梅特涅的吻痕給弄得一團糟。

路易斯短短嘆了口氣，扣上了僅剩的那三顆襯衫鈕釦。

因為左手不太方便的緣故，扣了好幾次都沒扣上。他用餐巾把臉部和最黏糊的下身及小腹周遭胡亂擦拭了一下。

還真是射了很多呢，內褲都濕透了。路易斯把外褲也穿起來之後，感覺自己這副樣子比脫掉的時候還要狼狽。嘴唇又破又腫的，昨天傷到的手在鬆散的繃帶底下隱隱作痛。

# Chapter.6 ✦ ✦ ✦

「今天晚餐也訂在八點鐘，待會見了。」

梅特涅的神情相當輕鬆愉快，他在呆坐著、魂魄像是飛了的路易斯臉上印下一個吻，微微地轉過身。

「——啊！稍等一下，晚餐應該沒辦法赴約了。」

路易斯猛然回過神，倏地起身。顧著發呆，差一點又要失約了。

「為什麼？」

「瑞恩——就是昨天抓到的犯人，他對受害者所使用的那種藥物，我的書記官碰巧有聽過一些傳聞，所以我打算晚一點去附近的酒吧調查看看。晚餐的時間應是無法配合了。」

酒吧通常在十點之後開始熱鬧，不管怎樣，路易斯覺得自己肯定是趕不上八點的晚餐時間。

「……還有，晚上最晚幾點過去方便呢？我會盡量配合您的時間，但是今天的話可能……」

梅特涅要路易斯睡在他的寢室裡。路易斯不確定他指的是真正的睡眠，還是暗指要和他作愛的意思，總之時間上看來是無法配合的。現在正在審問瑞恩，按照他那種性格，很有可能會是一場持久戰。就算是梅特涅的指令，路易斯也不能真的在凌晨四點進入寢室，把昨晚整夜沒睡的梅特涅給吵醒。

梅特涅用手指替路易斯擦去頭髮上沾到的白色精液，一邊問道：

「你是說從旅館那孩子身上搜出來的藥嗎？」

「……對，據說那不是普通的催情劑或安眠藥，確切的檢驗報告要到下週才能拿到。但是聽起來頗具危險性……」

如果真是如他們所說的，人被下藥之後會變得百依百順，那真的得立刻去確認才行。聽了路易斯所解釋的嚴重性，梅特涅感到有些不解地歪著腦袋。

「所以……你為了確認是否真的是那種藥，要親自去酒吧調查？」

「是的。那裡一定有人清楚地知道些什麼，除了流通管道也要確認之外，現在最重要的是要確認這是何種藥物，之後的調查才有辦法進行下去。」

這並非藉口，確實是事態嚴重。然而梅特涅聞言後，卻露出一個微妙的表情來。該怎麼形容呢，那種神情，彷彿在看著世界上最愚蠢的傢伙似的。

# Chapter.7 ✦ ✦ ✦

# CHAPT. 7 ✦ 事跡敗露

「為什麼我們就是沒想到呢？」

薩布里娜有些氣憤地說道。

路易斯也感到無言，只能苦笑著：

「就是說啊。」

真的，怎麼會沒想到呢？

偵訊室大門的另一側，瑞恩的表情跟路易斯離開偵訊室那時一模一樣，沒什麼變化。

『如果是那種藥，那餵犯人吃吃看不就好了？』

當梅特涅像在看著一個天字第一號傻子，一邊說出這句話的同時，路易斯就像個天字第一號傻子那般呆愣地眨著眼。

『餵那傢伙吃下去，就知道是什麼藥了。』

『……呃，可以這麼做嗎？』

梅特涅對路易斯傻氣的問題露出一個懶洋洋的笑容，反問他：

『為什麼不行？』

梅特涅說得沒錯，沒有什麼不可行的理由。如果利奧聽來的傳言屬實，這種令人言聽計從的藥物遭到濫用的話，將會使整個世界陷入混亂，但它同時也等於是最佳的吐真劑。就算謠言說的不是真的，讓他吃下去之後，也可以藉機知道會產生何種效果。

傑克把從艾迪身上搜來的藥粉混在飲料裡拿給瑞恩喝，其餘的人則在牢籠之外聽取他的審問。

「你的真實姓名是？」

「瑞恩·威登啊，您知道的不是嗎？」

瑞恩歪著頭，神情還是一樣的狂妄囂張，甚至露出一個這有什麼好再問的從容微笑。

「你給我坐好。」

當傑克語氣嚴肅地說話時，他雖然還是那一副吊兒郎當的樣子，身體卻乖乖擺正了姿勢。

「站起來，舉起雙手，抬起一隻腳。」

聽到傑克的指令，瑞恩表情似是很不耐煩，但還是聽話地站了起來，雙手抬起，單腳站立。即使搖搖晃晃的，也沒有把腳放下來。

傑克默默看著眼前傢伙的反應，然後回頭朝著薩布里娜和路易斯點了下頭。薩布里娜進了偵訊室，走近瑞恩的身邊下令道：

「不要發出聲音。」

砰！突然一聲嚇人的巨響，薩布里娜狠狠地揍了瑞恩的肚子一拳，然後她帶著有些痛快的神情抬起頭：

「哇，是真的欸。」

瑞恩正捂著肚子，努力不發出半點聲音地緊咬著牙關。能承受薩布里娜充滿怨念的拳頭而不發出痛叫聲，確實是要吃了藥才有辦法做到。

「看他手腳都放下來了，應該是只聽命於最後一個指令吧。」

再多做了幾次測試，當他無法依照指令做到時，他會直接說他辦不到，要是問了什麼他根本不知道的事情，他會不予回答，或是表示自己不知道。雖然他的表情和語氣都還是和早上一樣，但此外的所有反應都十分順從。由此可以證明，這就是利奧在酒吧聽到的那種藥物了。

「坐下。」

路易斯一說完，瑞恩馬上坐了下來。

「殺死亞曼達·麗芙的人是你嗎？」

路易斯語氣放慢地詢問。

瑞恩眨了一下眼睛。

「沒錯，是我殺的。」

瑞恩點著頭，非常溫順老實地承認。路易斯聽到傑克和薩布里娜都深吸了一口氣。

「……你是怎麼抓走她，又是如何殺了她的？」

「就是……觀察了三四天，那天正好沒什麼人，我就把藥泡在果汁裡給她，她喝得很開心。我很輕易地就把她帶去了旅館……為了想看她害怕的神情，我一直等待藥效退去，等了好一段時間，連我都累到睡著。到了早上，她醒來想尖叫，可惜我已經封住她的嘴巴了。」

瑞恩敘述罪行時的表情很是詭異，像是既害怕又開心。

「不過她反抗得很激烈……我一氣之下砍斷了她的手指，她才安靜下來。她被我綁著強姦了，手指頭流出的血一直沾到身體，讓我覺得有點不爽。那個人說至少要做上三次才可以，但是我得過一段時間之後才有辦法做第三次，所以……」

邊聽邊露出嫌惡表情的薩布里娜打斷了瑞恩問道：

「——那個人？那個人是誰？你有共犯嗎？還是是誰指使的？」

她有些激動地大聲質問，瑞恩眨了下眼睛，反應慢半拍地回答：

「是的，是的。」

聽不出來他這是針對哪個問題的答覆。路易斯將薩布里娜往後拉了一些，要她冷靜一下，重新問了一次：

「你為什麼要殺亞曼達？」

「是那個人要我這麼做的。」

「那個人要你這麼做？綁架和強姦——還有殺人？」

瑞恩微微點頭。

「沒錯，要綁架誰、如何下手，全都是那個人指使的。」

他尷尬地笑了笑，沒人問他也自己繼續說了下去。

「要強姦幾次，甚至亂刀砍殺她的方式都逐一吩咐了……雖然有點麻煩，但是他給了好大的一筆錢。」

給流浪漢一大筆錢來教唆殺人？是誰？那個人是真正的繩索人嗎？

「那個人是誰？」

薩布里娜緊張地嚥著口水問道。

瑞恩沒說話，咕碌碌地轉動著眼珠子，歪了歪頭。這是問了他不太清楚答案的問題時他會出現的含糊反應。最後，好不容易開口的瑞恩結結巴巴地答道：

「黑色……一個乘著黑色馬車的男人。」

路易斯抵達太子宮的餐廳時，已是八點〇七分。他氣喘吁吁地入內，侍從官班奈狄克又斜眼瞪他。

「您來得晚了一些。和身分較為尊貴的人一塊用餐時，稍微早到才是正確的禮儀。」

「不好意思。」

路易斯本以為能準時趕到，然而太子宮前的記者們抓著他不放，幸虧不是路易斯所擔憂的那樣，他們關心的並不是和威頓公爵的三角關係。那天拍到照片的狗仔想要根據那張照片寫報導或編小說的話，也是要花上一些時間，難怪至今還無消無息。

聚集在太子宮前的這群人，都對路易斯和梅特涅兩人之間的關係感到好奇。才剛傳出兩人愛火一發不可收拾的傳聞，到處都在議論紛紛的當下，路易斯竟然一天之內二訪太子宮，還在這麼晚的晚餐時段來訪，簡直是火上澆油一般地引起騷動。路易斯好不容易在禁衛兵的幫助之下進入宮殿，沒想到結果又遲到了。

進入餐廳之前，班奈狄克詢問：

「為您準備了和白天一樣內容的餐點，可以嗎？」

路易斯一想到白天吃的那些東西，口水自動分泌了出來。他正要點頭答覆時，不自覺地問出口：

「那個，請問有雞肉的餐點嗎？」

# Chapter.7 ✦✦✦

「雞肉？啊，並沒有，因為聽說您不吃肉——需要幫您準備嗎？」

聽見這個訝異的問題，路易斯咕嚕地吞下了口水。儘管知道這樣很奇怪，但是路易斯忽然間非常地想吃雞肉料理。不，不僅是雞肉，牛肉或羊肉，甚至連豬肉好像都沒問題。

「您還好嗎？」

路易斯沒辦法答話，只能顧著吞口水，於是班奈狄克再度問道：

「艾力克斯爵士？」

「那個、今天好像肉類也可以吃了……」

竟然在別人家——而且還是太子宮裡，對著人家的餐桌指手畫腳的。路易斯簡直不敢相信這是自己所為，在衣服下襬悄悄擦了擦手心冒的汗。食慾瘋狂沸騰，完全顧不得面子和給什麼吃什麼的禮節。彷彿肚子裡有了什麼，不對，是彷彿被肚子裡的寶寶給捉弄，突然想吃肉想到快受不了的地步。

「好的，我會立刻為您準備。」

班奈狄克雖然面無表情，仍是能從神色中感覺出他的一絲詫異。路易斯雖然話是這麼說了，卻也擔心自己要是屆時聞到肉腥味又反胃的話該怎麼辦。儘管如此，他的口中還是不斷在分泌唾液。原本只是聞到肉味都覺得噁心，現在卻突然變得這麼想吃肉，路易斯不懂自己怎麼會忽然產生這種變卦。

進了餐廳，梅特涅已經坐在上座等待。

「這次沒有遲到太久啊。」

「對不起，被那些記者給逮到……」

路易斯正要下跪行禮時，梅特涅擺了擺手，對路易斯說：

「過來這裡。」

弓著腰的路易斯才剛走近，梅特涅就抓住他的手順勢一扯，路易斯俯身而下，梅特涅極其自然地吻上了路易斯的唇。

「……」

梅特涅接吻的時候似乎習慣在下唇來回舔拭。路易斯感覺不久前留下的傷口陣陣刺痛，像是又要裂開來了。

「你沒擦藥嗎？怎麼沒有藥膏的味道。」

梅特涅咂了咂嘴巴，作了個手勢示意他坐下。

這點小傷哪需要擦什麼藥啊，倒是手傷的繃帶有些鬆脫，路易斯原本想去找彼得的，只是沒有時間過去。路易斯沒有回話，而是用手背在唇角壓了下，梅特涅靜靜地看著他的模樣，隨後又問：

「你那個可怕的副團長沒有說什麼嗎？」

# Chapter.7 ♦ ♦ ♦

「……她問我是不是被強上了。」

薩布里娜當時一看到路易斯就立刻問道：

『您是被他上了嗎？』

聞言，梅特涅彎著眼睛很調皮地笑著：

「那你是怎麼回答她的？」

「我就……跟她說我在路上摔了一跤，但她看起來不太相信就是了。」

不僅不相信，她還露出一個無言以對的表情來。

『您全身上下都是證據，還在胡說什麼啊？要報警嗎？就算不能把他關進監獄，至少能讓全世界知道他做了什麼事情，讓他受到社會的強烈譴責，得以防止他再次接近您！』

『不是的，那個、』

『您不必覺得羞恥，團長的名字會經過匿名處理的。但是不曉得能不能瞞過那些狗仔記者就是了。』

薩布里娜像是對此沒什麼信心地低下了頭。

看她帶著一副急於蒐證的氣勢，路易斯抓住她肩膀，試圖要她鎮定下來。

『薩布里娜，不是那樣的。』

『──不然難道是合意性交嗎？』

薩布里娜用相當震驚的語氣問道。

路易斯不得不盡量忽略自己發燙的後頸。她看著路易斯滿面通紅的樣子，瞇起了眼睛。

『難道你們兩人是互相喜歡？』

『不、絕對不是的！薩布里娜，我們可不可以不要再談這件事了？』

路易斯懇求道。

然而，薩布里娜用表示不妥的神情瞪著路易斯，彷彿在說弄成這副模樣回來竟然還想裝沒事。

『我想您不會不知道的，身體有反應，不代表就是合意。』

『……』

路易斯也清楚明白這一點。每當遇到那些被強暴，卻因為自身起了反應而不敢報案的那些被害者時，他也都是這麼對他們說的。他一直以為自己具有足夠的理解，但現在這種情況卻又有些微妙，難以釐清。

梅特涅的力氣固然是比想像中來得大，但是自己如果真的不願意，用盡全身力氣推開他的話，還是有辦法脫身的。儘管有一隻手幾乎無法派上用場，但是在體術方面，自己還是擁有帝國第一的這點自信。就算少了一隻手，要是有什麼不情願的情況發生，路易斯肯定還是能逃出來的。

的確，梅特涅握有第一警備團的支援權，路易斯需要請求他的協助是事實，但是在和梅特涅發生關係的當下，路易斯的內心根本沒有在顧慮這些。別說是思考了，光是梅特涅那一臉撩人的表情和自己快要爆炸的心跳聲，就已經讓路易斯的大腦變成一團漿糊。

要是問他這麼做是不是因為他喜歡梅特涅，路易斯只能模稜兩可地承認，梅特涅那張臉確實激發了自己的性慾。

『不是啊，團長迷迷糊糊的也就算了，那一位究竟是在想些什麼？直到上個禮拜前都還那麼討厭您，像要把您給除之而後快似的，現在這是──』

薩布里娜無法理解這是怎麼一回事，驚愕地嘖嘖稱奇。

「……」

路易斯看著梅特涅，後者正托著下巴盯著他瞧。很明顯的，那並不是在看著一個厭惡之人的眼神。慵懶低垂的眼眸裡，紫色的瞳仁看起來甚至相當溫柔甜蜜。

就在幾天前，梅特涅還總是用嫌棄的眼神看著自己，沒想到一開始當起小白兔替身，他的態度就變得不一樣了。這樣也不對、那樣也不行，一下子表現出喜歡、一下子又表現出不喜歡的樣子，梅特涅表情變幻莫測，讓人摸不著頭緒。

「請問，小白兔……其實是某個人嗎？」

聽見路易斯這麼問，梅特涅噗哧地笑了出來。

「當然了，難道我會想和隻動物接吻嗎？我還以為你算是個聰明人。」

梅特涅搖了搖頭，誇張地發出一聲嘆息。

「別管了，你不需要關心這些。」

「——但是，我想知道。」

路易斯緊張地嚥著口水，注視著梅特涅。

小白兔究竟是誰，能讓梅特涅用那種眼神望著自己。到了這種時候，就連對世事漠不關心的路易斯都開始對此感到好奇。

「……」

梅特涅沒有出聲，沉默地看著路易斯。侍從們誤以為兩人談話告一段落，為他們端來了餐點。面對著食物香噴噴的氣味和美味的外觀，路易斯克制著忍不住想飄移的視線，繼續和梅特涅相對望。

梅特涅轉動著愉快的目光，看著路易斯猛吞口水的模樣。

路易斯的視線一直不由自主地往食物的方向飄去。作為前菜的雞肉濃湯聞起來香到不行。

「不如邊吃邊聊吧？」

「……好啊。」

路易斯迅速地拿起湯匙，舀起一口濃湯正要放進嘴裡，梅特涅忽然開口：

「小白兔其實是我在學院時期就喜歡的一個人。」

路易斯先吞下了滿腔的唾液，然後追問：

「……從學院時期開始？」

梅特涅聽了一笑。

雖然很想知道盛滿湯匙的白色肉湯會是什麼樣的味道和質地，但路易斯再次嚥了嚥口水，好奇道：

「是我認識的人嗎？」

畢竟路易斯和梅特涅兩人在學院是同期的學生。

路易斯身為名門望族之子，進入皇家學院就讀是理所當然的。平民當中，偶有特別優秀的人才也能破例進入皇家學院，但是一年頂多兩三位而已，算是挺罕見的情況。路易斯對於平民出身的學院同期生們很是尊敬，也相當喜歡和他們相處，像彼得就是其中之一。

學院的制度是十歲左右入學，等到了四年級就可以自行選擇課程，看是要選騎士班還是學者班。當中又分成了好幾個班級，只要成績允許，想要到哪個班級上課是學生的自由。唯一無法挑選的班級只有一個，那就是梅特涅所在的帝王學班級，那是等皇太子到了就學的年齡後新設立的班級。

「……」

路易斯緊捏著湯匙，回憶著當時的梅特涅。

梅特涅那時候是和誰比較要好呢？

因為他貴為皇太子，大家對待他的態度都是小心謹慎的，梅特涅自己也認為這是理所當然。當時的路易斯和同年紀的同學們每個都相處得很好，和梅特涅關係也是還不錯的，然而兩人共同的課程就只有兩三個，因此路易斯對他的交友關係其實不甚清楚。

無論怎麼搜索過去的記憶，路易斯都想不起來梅特涅有對哪個同學特別好的印象。而且因為眼前的雞肉濃湯不斷冒出可口的香味，路易斯更是什麼都記不清了。

「呃……是男的嗎？」

路易斯總算意識到這個無須多問的問題。學院雖然開放男女皆可就讀，但大部分還是男學生居多，而且班級根本不在同一棟建築裡。

梅特涅喝了口酒，笑得非常好看。

「對，男的，是你也認識的人。」

梅特涅彷彿光是想到他就開心似的，甜甜地笑著。路易斯不禁又咕嚕地嚥下一口唾沫，感覺自己偷看到別人的單相思現場，耳垂莫名開始發燙。這也沒錯，既然會指定自己當替身，對方想當然是位男性。

從學院時期開始喜歡的話，少說也有十年的時間。梅特涅竟會喜歡一個人長達十年以上，

# Chapter.7 ✦ ✦ ✦

這簡直令人不敢相信。就算是喜歡男人也情有可原，但他不是別人，他可是梅特涅啊。

路易斯心裡覺得難以置信的想法不小心表露在了臉上，梅特涅見了，聳了聳肩回應：

「那個人可討厭我了。我原本以為，他每次見到我表現出的不自在和難以招架是因為他知道我喜歡他的緣故，後來才發現不是這麼回事。還在想我終於抓到他了，卻一下子又被他給溜走，所以……」

梅特涅的目光裡有一瞬間的真情流露。剔透的紫瞳裡浮現出一抹依戀之情，雕像般的臉龐頓時多了些許人情味。他的眼眸寫著純情，臉頰上那顆路易斯覺得很性感的小痣現在看起來竟帶著一絲悲傷。

「……」

路易斯不知不覺已默默放下了湯匙，在褲子上抹著手心的汗水。感覺心情變得有些奇怪，難以形容。

「所以我才會想出這種辦法來，雖然我也知道這樣根本毫無意義，但是……這樣的感覺真的是太好了，害我根本停不下來。」

梅特涅一舉起空杯，班奈狄克立刻上前為他盛滿紅酒。

肚子發出咕嚕嚕的聲響，路易斯趕緊又拿起湯匙，尷尬不已地攪著面前的濃湯。

「你待會還要回去工作嗎？」

「啊，不用了，今天就先到此結束，明天白天預計要上街探查。」

多虧有了梅特涅的建言，調查得以飛快地進行。

瑞恩．威登真的是受到繩索人唆使的一名模仿犯罪者。繩索人為了妨礙警備團的調查工作，於是給了流浪漢一千盧安，讓他用和自己相同的方式犯下罪行。

一千盧安是一筆大錢，就算是一般平民百姓也要工作整整一年，才能賺到那麼多的錢。若非極富有的貴族，是拿不出這麼一大筆錢的。這是個很好的線索，能夠將那些靠馬車謀生的對象們排除在嫌疑之外。

據瑞恩所言，他是在四號街準備動身前往他處時遇到了那個人。正當他醉醺醺地要回到旅館時，一輛黑色的馬車停在他的面前，那個人從車上下來。

男人用黑色長袍緊緊包裹住全身，手上戴著黑色手套，聲音故意壓得低啞，隱瞞著真實身分來委託瑞恩殺人，要他抓住亞曼達．麗芙後，強姦並殺害她。

用和深夜的連環殺人魔——也就是繩索人同樣的手法去傷害人、屠殺人，這太不實際了，瑞恩一開始還以為自己是看到了什麼幻影。

然而男人留給他的包裡裝有殺人所需工具和三百盧安的預付金。三百已經很多了，但是只要殺一個人，就可以再拿到這個金額兩倍的錢。再加上他所提供的「白色殺戮」真的非常有效，瑞恩因此得以輕而易舉地殺了亞曼達．麗芙。

對方交待他，殺了人之後，將手腳綁起來裝在袋子裡，然後在無人的凌晨時分放在旅館門前，黑色馬車就會過來給錢，並且把屍體收走。當瑞恩被問到那輛馬車有沒有什麼能夠辨識的特徵時，他的眼珠子轉動了好一陣子。

『啊，雖然不是很確定，但袋子裡漏出來的血可能有沾到馬車的地板之類的。』

眼球飄忽的他遲疑不定地剛說完，歪著頭繼續道：

『還有……其中一匹馬可能該換馬蹄鐵了，走路時有個摩擦的聲音……嘎吱、嘎吱地響。』

嘎吱、嘎吱，瑞恩模仿著那個聲音。

這個情報有點不夠有力。既然對方有錢到可以揮霍幾百盧安在一個隨時可能落跑的流浪漢身上，他不會只擁有一兩隻馬匹，而且最近兩個月換了馬蹄的馬兒肯定也不只一兩隻。是值得一查，但不曉得對於縮小搜索範圍是否有所幫助。

在瑞恩被下藥的三個小時後，他便再也不肯聽話了，取而代之的是開始呼呼大睡，睡得不醒人事。雖然還是可以把他叫醒，但醒來後只是胡言亂語夢囈了一陣，就又昏睡過去了。

八點一到，薩布里娜便把路易斯給送到了太子宮。她今天晚上要去查訪，所以要路易斯今天早點回去休息，等明天晚上就要徹夜在街上巡邏，檢查一整晚的馬車。當然，她並沒有掩飾自身前往太子宮時的厭惡神情。

梅特涅向路易斯確認道：

「那你今天就這樣下班了？」

路易斯點點頭，將舉了很久的湯匙送進了嘴裡。

我的天啊，路易斯在內心驚嘆，眼淚差點就要掉下來。相隔了兩個月的肉湯實在是太好吃了。主菜這次被慢慢地送上桌，不像上午那時干擾到了兩人的談話。從肥美的火雞料理、酥脆的烤雞，到醬料入味的豬肉和烤得熟度適中的牛排……油膩的香味刺激了食慾。幾個小時前還那麼抗拒肉類的，現在卻饞到好像連生肉都能咀嚼吞下的地步。肚子裡的寶寶口味還真是變幻無常。

「紅酒呢？不喜歡嗎？」

「什麼？啊……不是的，最近在節制飲酒。」

路易斯搖搖頭，吞下了嘴裡含著的肉。與其說是擔心肚子裡的孩子，其實是懷孕之後自然變得討厭喝酒了。這四個月以來，即便在酷暑之中，路易斯也未曾來上一杯冰鎮啤酒，後來才知道是因為懷了孕的緣故。

「……」

路易斯嚼著滿口的食物，將侍從切好的雞肉塊塞進了嘴裡，內心突然感到一絲苦澀。他直到現在才明白，這段時間身體產生的那些異常反應，都是肚子裡的寶寶發出來的信號，試圖提醒他自己的存在。

Chapter.7 ♦ ♦ ♦

自己實在是遲鈍又愚蠢，遲遲沒有發現寶寶在肚子裡不停向自己揮著手，想要告訴他說：嘿，我在這裡！

現在小腹已經微微隆起，一想到先前自己只能勉強吃著特定的食物，結果現在又為了孩子在咀嚼著肉——路易斯真實感受到自己肚子裡孕育著一個小生命，頓時又沒了胃口。

「怎麼了？不舒服？還是不能吃肉嗎？」

路易斯倏然一驚，抬起頭，梅特涅止一臉疑惑，語氣十分擔心地問著。

他吞下嘴裡一大口的肉，搖頭否認。

「不是的，非常美味，腸胃也沒事。」

「那你怎麼那副表情？」

路易斯還以為自己隱藏得很好，卻被敏感的梅特涅追問了。

「……我覺得我好像吃太多了。」

雖然是個藉口，但也算是事實。由於邊吃邊聊的關係，才剛開始用餐沒多久，路易斯已經解決了兩塊厚厚的牛排，而原先肥美的火雞和雞肉也被他啃得只剩下骨頭，一口氣全吃下肚，後來再上的火腿和起司也只剩下半截。侍從忙著替他切下肉片放在盤子裡，手上的動作簡直是一刻不停。見路易斯嘴巴鼓鼓地回答，梅特涅頓時哈哈大笑起來。

「啊，我還在想那些食物是都進了哪裡呢。」

梅特涅一邊說著，一邊轉頭看向那食物不斷消失，隨後又被填滿的餐桌。

「看來皇宮的餐點挺合你胃口？還以為你不重視吃的呢，看你在酒館裡反胃成那樣，原來你是適合待在宮裡的體質啊？」

梅特涅很明顯是在說笑，路易斯嚥了下口水。

「……」

就是說啊。路易斯壓抑著回答的衝動，悄悄摩挲著鼓起的小腹。原來不是寶寶愛變卦，是因為體質嬌貴所以才挑食的嗎？如果是三皇子的孩子，情況較為特殊，就算生下來了也不會住在皇宮裡。

「……」

……不、該不會，是梅特涅的小孩吧？

路易斯這麼想的同時，和望著自己的梅特涅對看著，頓時吞了口口水。

他沒有半點關於那一晚的記憶。會覺得是威頓公爵，只是根據他的告白所作的猜測，其實沒有任何證據。考慮到白天發生的那些事情，和梅特涅發生性關係好像也不是不可能。

但如果是這樣的話，那張「和我聯絡」的字條就又說不通了。因為梅特涅過去四個月以來一直是避不見面、聯絡不上的狀態。

「……」

不可能會是這個男人。

路易斯小小聲地嘆了口氣，直到肚子完全滿足為止，繼續吃個不停。

◆ ◆ ◆

咚！

梅特涅才剛在心裡想著「再這樣下去頭都要撞到餐桌了」，路易斯就整個人失重向前傾倒，梅特涅反應極快地伸手捧住了路易斯的額頭。

「殿下！」

扶在額頭上的手背順勢撞在餐桌發出聲響，班奈狄克驚慌地趕來查看。梅特涅將倒下的路易斯給托了起來，將他摟進懷裡，撐著他的身體。這個人明明不是小孩子了，梅特涅卻聽見懷裡傳來熟睡的呼吸聲。

用誇張一點的說法，路易斯吃下了差不多一整頭牛的份量，然後不知道從什麼時候開始，嘴裡還在進食的路易斯卻打起瞌睡來。他嘴裡嚼著嚼著，吃了一口牛排後打了一下盹，嚼了幾下，再吃了一塊火腿後又要睡著……梅特涅正想著這樣會睡趴下去的，路易斯整個人已經昏睡了過去。

班奈狄克冒著冷汗說道：

「我去叫御醫。」
梅特涅揮手阻止。
「他只是睡著了而已。」
儘管知道班奈狄克擔心的是自己的手，梅特涅還是先檢查了路易斯平穩熟睡的呼吸。
「的確是很奇怪……」
昨天連一口沙拉都吃不了，一直反胃，今天上午胃口倒是還不錯，到了晚上，卻又變成這副簡直要把盤子都一起吃下去的模樣，風捲殘雲般地解決了桌上的食物。然後吃著吃著還打起瞌睡來，就這樣昏睡了過去？梅特涅一邊猜想他是不是太過疲倦了，同時也覺得情況不太對勁。雖然看起來不像是患了什麼令人擔心的重病，但軍醫果然不太保險，還是讓他接受御醫的診斷會比較好吧？
梅特涅檢查了一下睡在自己懷裡的這個臉龐。雖然光從外表判斷不能代表一切，但看起來確實不像是生了病的模樣。
路易斯的臉蛋明亮清秀又端正，從少年、青年時期，直到現在，這張臉從未改變。
『小白兔其實是我在學院時期就喜歡的一個人。』
路易斯拿著湯匙猶疑的可愛姿態，讓梅特涅禁不住地脫口而出，看著他臉上露出了驚慌的神情。即便肚子餓到猛吞口水的地步他也努力忍耐，認真地聽著自己說話。明明是個對凡事漠

# Chapter.7 ✦ ✦ ✦

不在乎的冷淡個性，要是默默盯著他看的話，卻又像是和自己有所感應，耳垂都紅了起來。

「我的小白兔。」

路易斯大概連作夢都想不到，小白兔就是他自己。

梅特涅在路易斯熟睡的唇上輕輕吻了一下，將他緊摟入懷。可能是覺得癢，路易斯稍稍蹙起眉頭。這還真是自家小白兔的招牌表情，梅特涅微微一笑，將路易斯整個人抱了起來。

雖然等抓到那個叫什麼繩索人的真兇，沒有了見面的必要之後，路易斯一定又會迅速地從自己身邊逃離，但是此時此刻，他的人正在自己的懷裡。

梅特涅兩手抱著沉睡的路易斯朝寢室走去，一群侍從慌忙跟在他身後。寢室的門被大大地敞開，梅特涅讓路易斯安穩地躺在床上，原先皺起的臉蛋很快就舒展開來。

梅特涅在他身旁坐下，用手背撫觸著路易斯淨白的臉頰。肌膚相親之處透出一股甘甜的氣息。梅特涅原以為只有女孩子才有幸能撫摸到這副面龐，當他發現事情並非如此時，長久以來壓抑的情感一下子全都爆發了出來。

還以為這輩子只能在遠處觀望了，沒想到能夠這樣直接地觸摸。一旦真的碰到了，梅特涅便沒辦法就此放手。

他低頭注視著路易斯的睡顏，為他拂開掉落的髮絲。

今後，該怎麼做才能把路易斯留在這裡呢？

「難道還得去殺人才行嗎？」

要是這樣的手段就能留住他的話，應該還不算太困難吧。要是當初繩索人沒有出現，也許自己已經做出同樣的事情來了。

畢竟四個月前，梅特涅實在是被這隻小狡兔逃跑的行為給傷透了心。

♦ ♦ ♦

「路易斯。」

聽見有人在呼喚，路易斯在半夢半醒之中張開了眼睛。呼喚著自己的聲音非常地輕柔甜美，在耳邊低語著，彷彿搖籃曲一般，不是把人叫醒，反而像是在哄人入睡。

「還很睏？起不來嗎？」

沒有，我要起來了……路易斯只有嘴唇在開合而已。腦袋裡雖然閃過該起床的念頭，感覺眼皮卻有千斤重，路易斯掙扎了好幾次，結果都再度睡去。感覺身子有點冷，路易斯縮著肩膀打了幾個寒顫，對方一把摟住了他的肩，把他抱得更緊。

「不行，你還這麼想睡，我怎麼可以硬是把你叫醒呢。」

一個甜蜜的吻落在路易斯的頭頂上。正當路易斯因為溫柔的肢體接觸感覺起床的心情還不錯時，突然傳來薩布里娜強忍著怒火，就快要噴發的聲音。

「我——」

她氣到一陣咬牙切齒，喘了口氣後，才再度開口：

「我徹夜辛苦工作，不是為了要來看上司這種見不得人的私生活的。」

「什麼叫見不得人，這話說得太嚴重了吧。」

「會嗎？殿下您沒有上司，所以可能無法理解我的感受，一般來說，看到自己的上司忙著周旋於兩名男子之間，以至於到了晚上都沒來上班，通常都會感到非常生氣的。」

唰——某種東西被攤開的聲音。路易斯悄悄地睜開眼，薩布里娜手上正拿著什麼東西。

『L男、同時擄獲兄弟兩人的心！』

「——！」

斗大的標題讓路易斯一下子張大了眼睛。附在標題之下的相片，很明顯就是昨天被拍到的那張。威頓公爵正兩手抓著路易斯的雙臂，而路易斯抬頭看著對方，一副有話要說的模樣。就這麼一張相片，拍攝技術還真是不錯，取景絕妙得宛如一幅畫。

「不是、不是的！薩布里娜！」

路易斯整個人跳了起來，伸長了手臂。然而在他發現自己是全身光裸的狀態，而且人正在梅特涅的懷抱裡時，他只好趕緊再鑽回被窩裡。

「您以為搶走我手上這一張就不會被其他人知道？從一大早開始，整個帝國就都在談論這件事情！」

「是嗎？」

梅特涅代替路易斯將薩布里娜手中的報紙給奪了過來。在路易斯光溜溜地躲在被子裡的時候，梅特涅在他身旁用半坐半躺的姿勢唸起了報紙。

「最近緋聞纏身的A爵士，似乎也把那一位同父異母的哥哥W公爵的心給偷走了。W公爵對他傾訴了長久以來的思慕之情，A爵士則向他投以炙熱的視線回應。A爵士最近公然表現出與另外那一位過從甚密的關係，沒有絲毫的掩飾，因此目睹了兩人熱戀場景的可不只一兩個人而已。」

聽梅特涅語氣慵懶地唸著文章，路易斯整張臉漲紅了起來。雖然有料到會出現這種報導，但是沒想到那個狗仔記者竟然連他們的對話內容都聽見了。路易斯壓根沒想過這種記者寫的煽情小說會在下屬和當事人面前被朗讀出來。

「據事後傳聞，向W公爵澄清了緋聞並非事實的A爵士，當天晚餐後，卻被抱進了那一位的寢室裡。」

一直盯著報紙上那張巨幅相片的梅特涅瞥了路易斯一眼，才繼續唸出下一個段落：

「A爵士的淫亂行為究竟到了何種程度？」

在梅特涅冷冰冰的視線裡，路易斯心臟怦咚直跳，緊張地嚥著口水。

「您知道現在幾點了嗎？已經晚上六點了！因為您一直沒出現，擔心您是被砍頭了還是怎樣，結果趕來一看——」

薩布里娜閉上了嘴，眼神訴說著她真是見到了一幅奇景。

晚上六點？路易斯忙不迭地看向窗外，日暮餘暉的天空，真的是傍晚六點沒錯。最後的記憶還停留在八點吃晚餐的時候，吃到一半倦意襲來，然後怎麼就晚上六點了呢……

在兩道逼人的目光之下，路易斯來不及對自己睡了超過二十個小時，或渾身赤裸地和梅特涅同在一個床上醒來的事實感到困惑，他只能結巴地張嘴否認：

「沒有、不是那樣的。」

梅特涅替路易斯攏上他肩頭滑落下來的被單，低頭垂眸看他。那雙紫眸在想些什麼不得而知，路易斯像是在對他解釋地說道：

「他的確是有告白說他喜歡我，但我從沒有想要玩弄兩位的意思。恰好就在我正要拒絕他的時候被拍到了照片，所以……」

所以跑去追那個狗仔記者，等到再回來時，威頓公爵人也消失了。

「你要拒絕他？」

「我認真地考慮過了，還是覺得不行……所以我當時是打算拒絕的，我說的是真的！」

路易斯沒有說謊，他確實無法接受威頓公爵的心意。在有了孩子的情況下，沒辦法只顧著談戀愛就好，而要他因此步入婚姻，他更是不願意。

在路易斯重複一遍又一變的堅決否認之下，一聲不吭的梅特涅終於擺了擺手。皺著眉頭的薩布里娜嘆了口氣：

「請您務必盡快放人。」

說完她便離開了。砰地關門聲，讓路易斯的心臟頓時加速跳動起來。

梅特涅幫路易斯的裸身裹好了被單，語氣如常地再次問道：

「你是真的想要拒絕他？」

路易斯向他點了點頭。

「你真的否認了緋聞？」

「那、那是因為那篇報導寫得跟淫穢小說沒兩樣啊！我、我們又沒有把床單弄得一團混亂。」

路易斯說著，同時感覺自己後頸發燙了起來。雖然在那一次之後，確實是曾把內褲搞得一塌糊塗，但是在當時並沒有造成任何的混亂。

聽見路易斯這麼說，梅特涅默不作聲地看著路易斯變紅的脖頸，然後將他抱進了懷裡。路易斯聞到梅特涅身上散發著一股清香，情不自禁地深嗅了一口。

Chapter.7 ✦ ✦ ✦

「不要和他走得太近。」

梅特涅低語的氣息在路易斯的後頸上搔癢著，他嚥了下口水，乖乖地點頭。就算梅特涅不這麼叮嚀，路易斯自己也打算和威頓公爵保持距離。

「既然你晚上要工作，那麼晚餐就不一起了，但是，早上要過來吃早餐，然後在我的寢室補眠。」

「……好的。」

路易斯剛回答完，梅特涅便親吻了他的雙頰，然後習慣性地在他的下唇輕淺地舔吻了一口之後才起身。

梅特涅一響鈴，等待已久的班奈狄克旋即跑了過來，替梅特涅套上了浴袍。

「但、但是，昨天我是怎麼睡著的？」

「你就一邊嚼著鴨肉一邊點頭打瞌睡，嘴裡還含著食物突然就昏睡過去，一頭栽在桌上，我被你嚇了一跳……也覺得有點好笑。」

梅特涅一邊穿著著浴袍一邊說道。

吃到一半趴下去睡著？然後睡了二十多個小時，直到薩布里娜來了之後才終於醒來？

路易斯下意識地看向自己的小腹，似乎轉眼就比昨天更凸出來了一些。

「……」

是不是真的是皇宮體質啊？路易斯摳了摳臉頰，轉頭看著梅特涅。

「嗯？您的手是怎麼了？」

路易斯驚訝地發現梅特涅整理浴袍的白皙手背上一片紅腫。印象中，自己睡著之前他的手明明還好好的呀。因為梅特涅拿著叉子的手白淨端莊又好看，路易斯那時偷偷地瞥了好幾眼。

梅特涅揮了揮手，像是懶得多作說明的樣子。

「班奈狄克會準備好晚餐讓你帶走，你記得要按時吃飯。」

「……您是說餐盒嗎？」

站在梅特涅身後的班奈狄克正用可怕的眼神看著路易斯，彷彿他要替路易斯準備的不是餐盒，而是毒藥。

「吻我。」

梅特涅一邊說著一邊走到了床邊，縮著身子的路易斯於是坐立起來，吻上了梅特涅的嘴唇。路易斯抬起一隻手捧著梅特涅的臉，掩在身上的床單滑落，被梅特涅一把抓起，重新遮蓋在路易斯的身體上。

不知從何時開始，路易斯已經相當習慣和梅特涅接吻。他腦子裡還在想著，這麼快就適應這種事沒關係嗎？在他唇上啾、啾、啾，可愛地啄吻了三下的梅特涅轉眼已經笑著離開了房間。

砰地一聲，沉重的門一關上，班奈狄克便冷眼瞅著路易斯。

「殿下是怕您用餐那時一頭撞死在大理石餐桌上，所以用手替您墊住了額頭，下次得向殿下致謝才行。」

「什麼？」

路易斯訝異地張大了眼，班奈狄克卻不予回應，將路易斯燙好的制服放在床上就出去了。

「……」

路易斯眨了好幾下眼睛，才慢吞吞地穿上衣服離開了臥室。薩布里娜正用雙臂交叉在胸前的姿勢在門口等待著。

「對不起，薩布里娜。」

「——算了，您每天都在加班，不過是曠了一天工而已，我不會說您什麼的。我來這裡是因為擔心您的安危。」

路易斯同時和皇太子還有他的兄弟在交往的新聞一早就傳遍了大街小巷，結果去見皇太子的路易斯卻遲遲未歸，難怪薩布里娜會產生這樣的擔心。

「您最近到底都在做些什麼？」

「……」

路易斯感到無言以對。他自己也不曉得自己究竟在做些什麼。自從發現了自己懷孕之後，他的生活就變得一團混亂。

離開太子宮之前，班奈狄克遞給他四個大型野餐籃，看來是梅特涅說的那個晚餐。路易斯本想婉拒的，肚子裡卻傳出了令人難以置信的咕嚕聲來，路易斯只好和薩布里娜一起接過侍從們提著的餐籃，飛也似的離開了太子宮。這下子，大家也許都在好奇他的肚子裡是不是住著一名乞丐了。

「……不過，威頓公爵不是更好一些嗎？」

薩布里娜兩手提著餐籃，小心翼翼地詢問。

她的意思是，既然要和男人交往的話，威頓公爵不是更好的選擇嗎？皇太子有多麼風流，這是全帝國人都知道的事情。他憑藉著漂亮的容貌和尊貴的身分，與數不清的女性傳出了緋聞。就算他今天見的女人和昨天不是同一位，大家也都習以為常了。他是個固定不會和同一名女性交往超過兩個禮拜的男人。

「我和殿下也不是那種關係。」

「兩個都不是？那剛才渾身赤裸地躺在皇太子殿下懷裡，像隻小雛鳥一樣張開眼的不是團長，難道是別人？」

「……」

「抱歉，我不是想指責您，但您昨天不是說了，您並非被強迫的嗎？在我看來確實也像是如此……如果不是交往關係的話，那還會是什麼？類似性伴侶那種的嗎？」

「不是的，那個……」

硬要說的話，算是性伴侶沒錯嗎？路易斯實在難以說明，只能在嘴裡囁嚅。他們的關係並非建築在愛情的基礎上，但要說是身體賄賂的話，梅特涅又沒有實際做到最後一步。他只是創造了一個替身玩偶的遊戲，而路易斯只是稀里糊塗地任由他擺佈而已。薩布里娜瞥了一眼路易斯帶著苦惱的臉龐，無法理解似的嘆了口氣：

「那您剛才何必要這麼著急地向殿下解釋呢？簡直就像個搞外遇被逮到的丈夫似的。」

「沒有，真的不是那樣子啦。」

「是喔？若照您所說的，只是肉體關係的話，有必要望著對方的眼睛用那麼誠懇的語氣辯解嗎？」

我有那樣嗎？路易斯默默回想著剛才自己向梅特涅否認時的情景，好像是有那麼一點急於找藉口的感覺。當時梅特涅那看不出在想些什麼的目光，確實讓路易斯緊張到背後冒冷汗的地步。自己為什麼會有那樣的反應呢？難道是怕梅特涅誤會所以下意識地連忙撇清嗎？

「就算只是肉體上的關係，同時和兄弟傳出緋聞，有點說不過去嘛。」

「當然，對象如果是一般人確實是不太好，但那一位可是姊妹母女都通吃的，您跟他在一起時，態度上若能更加直率一點就好了。」

「……」

咕嚕嚕，路易斯的肚子代替他出聲回答。感覺肚子裡的不是胎兒，而是住了一個要飯的乞丐似的。籃子裡不斷飄出了食物美味的香氣，讓路易斯直流口水。

「真是奇怪了，前幾天您不是還沒什麼胃口的嗎？」

薩布里娜對於路易斯會在這時候肚子餓感到疑惑，同時就近找了個長椅坐下，打開了班奈狄克所給的餐籃。

籃子頗重的，原來裡面裝著滿滿的紙盒。一一將紙盒打開，從輕便的三明治、濃湯、香腸、麵包、沙拉、瑪芬和水果，到昨天路易斯大啖了一頓的火雞肉、雞肉、牛排，裝得滿滿當當。

「這也太誇張了吧，團員們都已經吃過晚飯了。」

薩布里娜嘴裡咕噥抱怨著，這麼多都要給誰吃啊？

路易斯在心裡回答她：給我肚子裡的乞丐吃的。

他湊近餐盒聞了聞，然後認真地吃了起來。路易斯瞬間吃完一盒手撕火雞肉、一盒烤得火候適中還切成一口大小的牛排、一盒麵包，還有一盒瑪芬，接著又拿起了一盒三明治。

薩布里娜看著他那副飢不擇食的模樣，一時之間忘了言語。

「……嗯，對……總之呢……」

咳，她清了下嗓子，看著路易斯兩口就解決了一個巴掌大的三明治，說道：

「……總之這算是團長的私生活吧，我不會多管閒事的。」

「抱歉，讓妳擔心了。」

路易斯一道歉，薩布里娜立刻說「算了吧」，然後繼續道：

「但是……您別陷得太深了。雖然不清楚那位的意圖，但團長您也知道的，他畢竟是個如天神般反覆無常的人物，果然深具皇室嫡統風格啊。」

聞言，正要塞入另一塊三明治的路易斯頓了一下，問薩布里娜說：

「──我看起來有陷得很深嗎？」

自己迷上了梅特涅嗎？和他開始接吻也才過了三四天而已，應該還沒到那種程度吧？

「您又不是那種可以只維持肉體上關係的人，一旦糾纏在一起，肯定立刻就會陷進去了。您大概認為現在是只有腳掌泡在裡面的程度吧？」

薩布里娜揮了下手，似乎不想過度深入探究。

「……」

路易斯把三明治放進嘴裡，一邊嚼著，內心一邊思索：沒錯，只不過是泡到腳踝的程度而已。

事實上，他也不懂自己為何對梅特涅就是沒有什麼抗拒感。如她所說的，自己從來沒有考慮過這種單純只有肉體上的關係。但是當看到梅特涅慵懶地笑著說「吻我」的時候，自己居然覺得這種程度應該還可以接受。

難道是因為他用小白兔的代稱來稱呼，在自己身上投射了別人影子的關係？路易斯面對威頓公爵真摯的心意時有種負擔感，總是得去壓抑內心那股想逃避的心情，但是在面對梅特涅時，路易斯卻不會有那種感覺。他總是看著那張臉看到入迷，待回過神來時，已經落入了他的圈套裡。

不能陷進去啊。

然而薩布里娜說得沒錯，路易斯已經有一點陷進去了。他忍不住在意起梅特涅剛才離開房間前，那手背上紅腫的傷勢，還有他為路易斯吩咐準備餐盒，或是睡覺時他在一旁守護的種種行為，也是令人心癢難耐。

要不就惡劣地欺負人，要不就對人特別好，難道不能有點一致性嗎？毫無頭緒的路易斯忍不住一直在思考，自己和梅特涅是在做什麼、該用什麼態度來面對他才好。因為沒辦法做出決定，思緒也不斷地打轉，停不下來。

雖然變得有些憂鬱，但是三明治還是很美味的。火腿和培根，生菜和蕃茄，加上甜甜的醬汁，正合路易斯的口味。

瞬間解決掉三明治，路易斯打開了醬燒豬肉的盒子。有點微辣，配著麵包吃剛好。

很快地清空了一籃，路易斯隨即打開新的一籃，開始吃起了烤火雞。還以為班奈狄克會在裡面下毒呢，這是怎麼回事咧，招待得這麼周到，還準備了乾淨的內衣褲和制服。

# Chapter.7 ✦ ✦ ✦

路易斯嗑完一整盒烤火雞，正要再拿新的一盒時，感受到了一道螫人的視線。

「……」

路易斯抬起頭，薩布里娜正默不作聲地盯著自己看。默默看著路易斯吃東西的薩布里娜，緩慢地回頭注視著那堆積如山的空餐盒和路易斯。不僅是這些紙盒而已，那雙眼睛連著路易斯這幾個月以來直至最近的言行舉止一併回顧了一次。

「……不好意思、」

薩布里娜心中默念了好幾次的不可能，嘴唇不斷囁嚅著。這不可能、這絕對不可能，然而，她眼中還是掠過了那麼一絲的懷疑。

「團長，或許，我說的是或許……」

在兩人視線交會的剎那，路易斯放下了叉子，停下了動作，薩布里娜的臉色於是慢慢地產生變化。

路易斯內心忽地一涼。

「團長、」

「薩布里娜、」

路易斯為了轉移話題而開口，但是薩布里娜已經搶先問出嘴了。

「——您是不是懷孕了？」

# CHAPT. 8

## 目擊者們

夜晚的街道涼颼颼的。前幾天還有些悶熱，今日白天下過一場雨後，路易斯在潮濕而涼爽的空氣裡，親身感受到秋天的腳步已驟然而至。時光真是如流水般地逝去。

尤其是懷孕了之後，更感覺時間過得好快。

「今天也是靜悄悄的，沒啥動靜呢。要不要往左側再繞一圈？」

和路易斯同組的吉利安很無聊似的，打了一個大大的呵欠。路易斯確認了一下手上的周邊地圖。

「嗯，繞著這邊的後巷再巡一圈。這邊一直有人看守著吧？」

由於被害者大多是在二、三號街工作的第二區居民，他指著二號街和三號街相連的三條小巷，以及三號街到四號街的岔路口問道。

「是的，第二組和第三組分別守在不同岔路口，對所有經過的馬車進行盤查。」

「嗯，告訴大家要小心，避免單獨行動。」

「每組都分配了兩人或三人一起，這樣增加人手之後真的好多了。」

## Chapter.8 ✦ ✦ ✦

聽完吉利安的報告，路易斯點點頭。

兇手是個危險的傢伙。就算是警備團的團員，一個人落單還是不太安全的。

瑞恩說他是以乘著黑色馬車的男人所指定的人物為目標，為了能順利綁架她，他從三四天的觀察延長到了一週，等著對方下班的時間，送上一杯摻了藥的飲料。兩次的犯罪現場都選在距離很近的旅館內。這是一個極為謹慎並計畫周全的犯罪指示。

相反的，繩索人犯下的第一起殺人罪行顯然是衝動之下的臨時起意。

除了受害者是唯一一位女性之外，與其他受害者相比，她被嚴重的暴行活活虐死之後遭到了分屍。另外三起案件雖然也看得出衝動失手的痕跡，但沒有第一起案件那麼地突如其然、毫無準備，屍體的處理方式很熟練，證據也隱藏得不著痕跡。兇手不可能殺過人之後突然找回理智良心，而且很可能是有幫凶的。也許他只管隨心所欲地殺人犯案，收拾善後的另有其人也說不定。

假設繩索人是貴族出身的話，極有可能是忠心耿耿的管家或僕人在一旁提供協助。

這四名受害者都是在麵包店、酒館或是酒吧工作的窮人。目前尚不清楚兇手挑選被害者的標準，但和瑞恩的情況不同的是，這四名被害者的周遭都沒有出現過常客或是在附近徘徊窺探的可疑人物。可見兇手並不是像瑞恩那樣，在店裡等到下班，餵了藥之後才把人帶走。極有可能是趁對方一個人在下班回家的路上伺機襲擊。

會不會有人幫忙把風？——這也是不無可能。從見到捆綁屍體手腳的紅色貢緞判斷犯人是富裕之人後，再來發現的屍體都是使用一般的繩子。

儘管每天都有十幾名的警備團團員在街上巡邏，兇手還是能悠哉地在後巷棄屍，然後不見蹤影。也許是他已得知團員巡邏確切路線的情報。自從包括第一警備團在內的各個警備團都派來了人手支援，開始了滴水不漏的巡邏守備後，那個接連兩天殺人不手軟的傢伙已經沉寂了一個禮拜。

想必加強巡邏的消息早已傳了開來，雖然也都是機率的問題，但在第一警備團加入之後，案件數確實降低了不少。大街上的各式紛爭騷動也變少了。

路易斯看了下錶。一點四十二分。這個時間點幾乎沒什麼人或馬車會在街上走動。

「這裡是不是有點可怕？」

吉利安舉著燈，朝著暗黑的後巷走去。他踩著小心翼翼的步伐，像是得說些話來壯膽似的。

「怎麼？你是怕有幽靈出沒嗎？」

路易斯見吉利安背影充滿緊張，戲謔地開口逗他，結果吉利安一臉嚴肅地轉過頭來：

「請、請您別講這種話題，聽說幽靈們最喜歡聽別人聊自己的故事了。」

「他們喜歡聽別人聊自己的故事？」

「據說是這樣……下一條巷子就是發現第二具屍體的地方了，當時我和凱恩先過去確認情況——路人們都站在巷子外竊竊私語著，結果我都還沒進到巷子，已經感覺到一陣毛骨悚然，我這輩子從來沒有這樣的經驗，明明是酷熱的夏天，突然背脊涼颼颼抖到不行……那時根本都還沒看到屍體呢。」

吉利安挨了過來，悄悄揪住路易斯的手臂和衣角。

「喔，我也感覺到了。」

「對吧？當時就只有那一塊區域氣溫驟降似的，一股寒意……」

「不是，我說的是現在，就在剛剛……我的背後突然發冷。」

路易斯低頭看著縮在他手邊的吉利安。

「……您、您是在開玩笑的吧？」

吉利安勉強擠出一個乾笑問道，眼睛像是隨時會哭出來的模樣。

「嗯，其實更早之前就覺得會冷了。」

路易斯噗哧一笑，吉利安嗚咽了一聲，緊勾著他的手臂。

「別這樣啦，團長您亂開這種玩笑真的很嚇人的好嗎。」

吉利安的聲音聽起來已經快哭出來了。

路易斯從他手中接過顫抖到快熄滅的提燈，替他舉起燈來，一邊走著一邊仔細照亮小巷裡的每一個角落。吉利安牢牢勾著路易斯手臂，膽小地偷瞄著四周。馬兒莎拉喀噠喀噠地跟在他們身後。也許是太黑了路不好走，莎拉老是停下來，鼻子嘶嘶噴氣，所以路易斯還得一直拉著轡繩才行。

路易斯的兩隻手臂，一邊是吉利安，一邊要拉著馬兒轡繩還要提燈照路，一行人走在小巷子裡，正覺過分寂靜時，吉利安驀地挑起了話題：

「是說，副團長最近是不是有點奇怪啊？」

「……你說薩布里娜？」

「對啊，已經連續好幾天了，她只要見到團長就一副欲言又止的樣子，還一直唉聲嘆氣的……您有做了什麼錯事嗎？該怎麼形容呢，她的表情彷彿是想在您背上狠狠一掌拍下去的感覺。」

聽到吉利安這麼說，路易斯想起薩布里娜那個咬牙切齒的氣憤表情，不禁露出一個苦笑。

路易斯為了調查黑色馬車，已經在街上持續巡邏了一週，而距離薩布里娜發現自己懷孕也過了一週了。

『團長，您懷孕了嗎？』

薩布里娜用簡直不敢置信的語氣問道。

『妳在說什麼呢？——這怎麼可能！』

宛如聽到了什麼荒謬透頂的事情，路易斯整個人都跳了起來，但路易斯這般誇張的反應並無造成她任何的動搖。

『所以您才會聞到一點肉腥味就覺得噁心，然後覺也睡不好，所以彼得才會一臉怪異地見到我就逃是吧？天啊，團長，您瘋了嗎？懷……！』

路易斯沒有否認，而是趕緊扔下叉子摀住薩布里娜的嘴先。太子宮宮內和周圍有多少耳目在監視窺聽著，不久前他已經親自領教過了。

『這不是真的。就算妳只是猜測也有可能會被記者偷聽去，這種話可不能亂說的。』

路易斯用一隻手摀著她的嘴鎮定地說道。

見她眨了幾下眼睛，路易斯才慢慢地將手放開。才剛放開手，薩布里娜便極其肯定地說道：

『連耳根都紅了還說什麼不是真的——我還不瞭解團長您嗎？這八年來我和團長相處的時間可是比霍爾頓或伯爵夫人都要來得長，您現在還想跟我否認？』

薩布里娜像是頭在痛似的，用手撐著前額。她確實十足地聰敏，第六感又準，並且是個長久以來陪在路易斯身邊注意著他的人。光是在她面前反胃了三四次就足夠她推敲出一切了。

『您應該知道硬是否認也沒用的吧？我如果去揪住彼得的衣領對他威脅利誘，您覺得他有辦法守住這個祕密嗎？』

不，肯定是不行的。彼得喜歡的人就是薩布里娜，大概在她質問第三遍之前，彼得就會對她坦白說出真相。

『……』

其實路易斯也非常不習慣這樣對薩布里娜撒謊。她現在已經是非常肯定了，而且這又確實是事實。

薩布里娜將路易斯拖往團長室去，把在裡面打瞌睡的利奧給趕了出去，讓路易斯坐在椅子上，像是要對他進行審問似的。她雙臂穩穩撐在辦公桌前，用可怕的眼神俯視著路易斯。

『……在這種情況下，仍然不忘好好地把東西拿在手裡，還想跟我說不是？』

『……』

路易斯放下了他好好帶回來的餐籃們，不由得躲避起薩布里娜的視線。

『對不起。』

『——是誰、不、這是殿下的孩子嗎？所以才一直和他見面？那一位也知情嗎？』

薩布里娜的神情顯示她正瀕臨抓狂的邊緣。路易斯嘴巴開開合合動了好幾下，最後什麼都沒說地閉上了嘴。這就是犯罪者在要認罪時的感受嗎？說不定承認罪行都還更加輕鬆一些。路易斯實在是無法直視薩布里娜的臉，只好盯著她的鞋尖說話。

『不是。』

『您竟然敢說不是，到現在了還想欺騙我嗎？』

『沒有，不是那樣子的……應該……吧。』

# Chapter.8 ✦ ✦ ✦

路易斯在最後加了應該吧幾個字，然後偷偷抬眼瞄了一下薩布里娜的臉色。她正張著嘴巴，一臉被揍了好幾拳的模樣。認識她八年以來，路易斯第一次見到她露出這種傻樣。

『——應該吧？您是說應該？』

面對薩布里娜用荒唐無比的語氣再次的質問，路易斯回憶著那段令他慚愧的過去，感覺自己就像個隨隨便便和人上床的不懂事的小女孩。

『四個月前，我在皇宮舉辦的化裝舞會上喝醉酒，失去了記憶。等到隔天清晨醒來的時候，發現我在一間廉價旅館的房間裡，只剩下我自己一個人。』

聽了路易斯這番話，薩布里娜好一陣子都沒有說話，維持著緘默。

『您什麼都不記得了？』

『嗯。』

雖然有一些零零星星的印象，但都是一些沒什麼幫助的記憶。路易斯只記得對方的性器進入自己身體時的片段，或是幾句他根本不敢說出口的汙言穢語。

薩布里娜又沉默了下來，半晌，她像是在做確認，緩慢地反問：

『所以說……團長在四個月前，和不知道身分的皇室男子上了床，然後在有了身孕的情況下，和皇太子廝混在一起嗎？……而且還是僅止於肉體關係……？』

薩布里娜的聲音在發顫。路易斯不確定她是因為生氣或是覺得太過荒謬的緣故。

她用雙手搓了臉龐好幾下，宛如要抹去自己的情緒似的。薩布里娜的氣勢如此嚇人，犯人們到底怎麼有辦法在她面前保持沉默的？

她又隔了一段時間才開口：

『我會收起對您的指責，雖然有很多話想說，但是您現在在做的事已經受到了全世界的批判，如果連我也加入的話那就太苛刻了。』

『……』

『您為什麼要說不是殿下呢？既然不知道對方是誰，那有可能就是殿下也說不定啊？』

她會這麼問，或許是希望至少路易斯廝混的對象和讓他懷孕的是同一人物吧。

『殿下在四個月前根本就不想看到我不是嗎？……所以我在想也許是威頓公爵吧。他那天還跟我說了他喜歡我呢。』

『……』

薩布里娜不禁扶額，身下腳步踉蹌了一下。路易斯見她伸手想要找個椅子坐，正欲起身讓位，薩布里娜卻以『不要讓我變成一個搶走孕夫椅子的女人』為由，把利奧的椅子拉過來一屁股坐了下去。

『……』

『……那您打算怎麼辦？不對──您不打算生下來嗎？──所以您才想要拒絕威頓公爵。』

薩布里娜像在自問自答似的喃喃自語著。就算是聽到家中小女兒闖禍的消息，表情可能都比現在還要好一點。她有些茫然失措地問道：

『……這件事有哪些人知道？』

『彼得和妳。』

『……那就好。只要團長不要吃成那副模樣，應該是不會有人發覺的。』

說實話，又有誰會想得到呢？那些報紙上寫到懷孕什麼的也不過是誇張和諷刺的手段而已。儘管這件事情在過去實際發生過，但通常一般人還是不會往男性懷孕這方面去想，只是說有這個可能性而已，並不是隨隨便便就會發生的事。畢竟最後一個生下孩子的男人已經是一百多年前的人物了。自己雖然有些遲鈍沒錯，但是不過一晚的錯誤，實在沒想到情況會演變至如此。

『不能在帝國境內……您要請假嗎？』

『……嗯，彼得說會去幫我打聽看看的。』

『團長您也知道，目前應該是沒辦法休假的。現在眾人們的注意力也都還集中在您這裡。』除了繩索人的事件以外，緋聞也正鬧得漫天飛舞。路易斯點了點頭。

『我知道，得等抓到繩索人之後才能去這一趟。』

『不行，不管如何，下個月一定會想辦法讓您休假的，到時候就去處理吧。又不是少了團長您一個我們就抓不到繩索人了，要是您肚子大了起來那才真的是不得了，說不定會被人發現的。』

又不確定何時才能抓到繩索人那傢伙，您要怎麼等到那個時候？……難道寶寶會體諒您的處境讓自己不要長得那麼快嗎？』

薩布里娜講得像是現在就立刻想讓路易斯放假似的，忍不住嘆氣。

路易斯和她都沉默了下來，好半晌沒人開口。

咕嚕嚕。路易斯的肚子又在吵著要吃飯了，他只好厚著臉皮，從餐籃裡拿出一個個的紙盒來。

『您剛剛說的是威頓公爵嗎？』

『大概吧。』

路易斯一邊回答，一邊將冷掉的牛排肉塊放進嘴裡。

『四個月前的化裝舞會我也在現場，我有看到團長和一個男的一起離開了會場。』

薩布里娜的話讓路易斯一時停下了咀嚼的動作。咕咚，他硬是嚥下那塊肉，急切地問道：

『——那個男的是誰？』

『因為戴著面具，所以我不是很確定，如果他是皇室成員其中某一位的話……』

路易斯緊盯著她的嘴唇，吞了口口水。反正也沒有要生下來，路易斯以為自己不在乎父親是誰的，現在卻是心跳如鼓。

薩布里娜苦笑了一下。那是個意味不明的笑容。

# Chapter.8 ✦ ✦ ✦

『那可能真的是威頓公爵沒錯了——他比團長高大許多。』

她一邊回想著那天路易斯身旁的男子一邊說道。

『……是喔？』

路易斯不明白，自己為何在聽到答案的瞬間，想的不是「果然沒錯」，反倒是起了一絲「真的是他嗎？」的懷疑，明明自己也一直認為孩子的父親應該就是威頓公爵。難道自己內心暗自期待著聽到別的答案嗎？

『反正……在下個月之前，談戀愛之類的都請盡量保持低調。那些緋聞的也要等風波平息下來之後才容易擺脫。』

自從薩布里娜提出低調行事的吩咐之後，就這麼過了一個禮拜。

這一整個禮拜，路易斯都和梅特涅一起用餐，晚間則去街上巡邏。

到了清晨，路易斯會回去梅特涅的寢室小睡片刻。在他睡覺的時候，梅特涅有時候會在，有時候不在。沒有在辦公的時候，他會躺在路易斯旁邊，低頭看著路易斯睡覺的模樣。

在這期間，兩人數度撫摸過對方的身體。有時候路易斯睡醒，與正在俯視自己的梅特涅眼神一交會，便會自然而然地發生親暱的觸碰。

短暫的啄吻不知不覺變成長吻，一發不可收拾地展開肉體接觸。

梅特涅的吻會讓人麻痺，失去思考能力。僅僅是肉和黏膜的觸碰而已，卻總是充滿著甘甜的滋味。路易斯恍恍惚惚地與他唇瓣糾纏，氣息便開始急促，體溫也迅速升高了起來。路易斯從沒想過自己會是這麼容易地感到興奮。

或許是因為懷了孕的關係吧？路易斯也曾和別的人接過吻，但都不是這種感覺。舒服是舒服，但沒有吻到出神忘我的這種地步，梅特涅的吻色情到路易斯腰身都止不住顫慄。

深吻的時間一旦變長，便少不了隨之而來的愛撫。

梅特涅似乎對路易斯的後頸有某種特殊的執著，導致薩布里娜每次見到路易斯，總會像是看到了什麼不該看的東西，如同吉利安所說的，一副想要朝著路易斯背部一掌拍下去，大叫著「你這個人給我清醒一點啊！」的表情。

八卦報紙的記者們仍舊是緊緊跟隨路易斯，努力撰寫梅特涅與路易斯之間的世紀戀情之類如小說般的報導。最近，似乎沒有比兩人的故事更加沸騰火熱的緋聞了。

「就……因為我做錯了一點事。」

路易斯邊說邊嘆息著，吉利安聽了，偷瞥了一眼路易斯的脖子，問：

「是因為團長的緋聞嗎？」

「應該是吧。」

路易斯開始覺得這傢伙有點煩人了。他想把掛在自己手臂上的吉利安給拽下來，這傢伙卻吼著「這裡好可怕啊」，然後像個水蛭一樣啪搭吸住自己不放。路易斯試圖要掙脫開，但是這傢伙放開胳膊後，又改黏在路易斯的腰上。

「那個、您有聽說嗎？」

「什麼？」

「威頓公爵閣下昨天曾到團長辦公室找您。」

威頓公爵找到團長辦公室來？

「跟他說了您因為值夜班，白天不會待在辦公室裡，他卻說要等您等到晚上，最後被副團長硬是請回去了。好像還跑去團長府上找您呢。」

「……是嗎？」

「是的。副團長要我們保密，看來大家都守口如瓶，您才會都還不知道這個消息。」

吉利安有點得意地說道。

「……薩布里娜既然知道我和大嘴巴的你在同一組，那她應該也知道這個祕密保守不了多久了。」

雖然被批評了，吉利安也不甚在意，他咧嘴而笑：

「威頓公爵那種堵人的方式，您總是會被他遇上的，還是有個心理準備比較好吧。聽說他也常在太子宮附近徘徊出沒。」

「……」

吉利安這次確實說對了。自己明明已經有了答案，卻一直避不見面讓對方空等，這是不對的行為。

當初約定好要答覆的十天期限一晃眼就到了。路易斯自認為有釋放出拒絕的暗示，但是從他主動找上門的動作來看，在被正式拒絕之前，威頓公爵應該是不會放棄的。

他是個好人，他值得受到更好的對待。正如薩布里娜所說的，自己顧著和梅特涅廝混，完全把威頓公爵給忘得一乾二淨。路易斯為此感到歉意，懊惱地咂著嘴。

明天早上下班之後得去一趟威頓公爵的宅邸，正式地提出拒絕，讓他久候這一點也要好好跟人家道歉才行。

「如果要跟男人在一起的話，威頓公爵感覺是個更好的對象。殿下……不是有點那個嗎？」

「……薩布里娜也是這麼說的。」

事實上，路易斯自己也是這麼認為的。和梅特涅交往這件事，不管怎麼想，都不是一個好主意。

聽到路易斯苦澀無奈的回答，吉利安卻呵地一聲笑了出來：

「不過個人喜好還是很難忽視的，皇太子殿下滿符合團長您喜歡的類型吧？我記得您以前也是這樣。畢竟殿下是個絕世美人嘛。」

吉利安一副他很能理解似的點著頭。

「你說我以前也是這樣？」

「您不記得了嗎？就是還在學院的時候——」

就在吉利安正要回答的剎那，路易斯忽地抬起頭，眨了眨眼睛。吉利安好像也聽到了，他閉上了嘴，眼睛張得大大的。

嘎吱。

對街的小巷子裡傳出了一陣隱隱約約的響音。

嘎吱。嘎吱。那是破舊的馬蹄鐵在地上摩擦發出的聲音。

『還有……其中一匹馬可能該換馬蹄鐵了，走路時有個摩擦的聲音……嘎吱、嘎吱地響。』

瑞恩曾這麼形容那輛來找他的馬車發出的聲響，而現在那響音正從對街傳了過來。

「……」

路易斯和吉利安將提燈的燈罩窗口關至一半，讓燈光變得微弱一些。由於他們還帶著馬匹，不可能做到毫無動靜，但因為對方是在馬車上，要靈敏地察覺到動靜聲也是不容易。

路易斯從巷子的底端探出頭來確認那輛馬車。裹著黑色帳幕的雙馬馬車從他們前方緩緩駛過，路易斯趕緊趁機確認馬匹和馬車的情況。雖然不論是馬匹或是車體的狀態都沒有顯露出精心保養的痕跡，但看起來還是要價相當昂貴。這是貴族的馬車。

「現在該怎麼辦？」

吉利安悄聲問道。路易斯帶著他，默默地跟在馬車後方。由於白天下過雨，地面泥濘不堪，馬車行走的速度非常緩慢，兩人也得以跟得上馬車的速度，不至於追丟。

緩步徐行的馬車在某一條後巷停了下來。

這裡是七號街的後巷。高級黑色馬車和此處格格不入，馬蹄鐵還會發出特殊的嘎吱聲。

馬車停駐在原地，像是在等待著什麼。沒有人從車上下來，馬車也沒有要繼續走的意思。說不定車上的人此時正偷偷掀開帳篷從縫隙觀察著四周環境。

路易斯把提燈放在地上，朝向馬車跑去。他們必須在被對方發現之前先發制人才行。當路易斯從腰間拔出小刀，他聽見了身後的吉利安往槍裡放火藥的聲音。

路易斯一口氣衝上前，一把掀開馬車帳篷，檢視坐在車上的人。

「呀——！」

車上乘客被路易斯持刀襲來的身影嚇得發出驚天動地的尖叫。掛在馬車頂篷的提燈劇烈地搖晃著。

噢，竟然……瞬間掀開了帳篷的路易斯腳步躊躇地向後退開。

「路易斯？」

發出尖叫的那位女性，和摟著她的那個男人，兩人都是路易斯的熟面孔。

Chapter.8 ✦ ✦ ✦

賽里昂公爵。

他正是路易斯覺得有可能是孩子父親的第二位人選。

◆ ◆ ◆

「……瑞秋和我的么妹是同年紀的朋友，閣下。」

路易斯對著坐在馬車裡，放蕩地光裸著上身的賽里昂說道。他原本不想開口的，卻還是不禁要脫口而出，聲音裡帶著失望的語氣。

在賽里昂懷裡身上只剩內衣的小姐是瑞秋．史汪那，她是路易斯妹妹瓊妮的朋友。

她和瓊妮同為十九歲的年紀，兩人都還處於沒有家中男士陪同便無法參加舞會的稚嫩年齡。

瓊妮和路易斯相差十歲，而路易斯和賽里昂兩人之間又間隔了十歲。

也就是說，裸身相擁在一起的賽里昂和瑞秋，兩人年紀足足差了有二十歲。

因為突然闖入的男人而發出驚呼的瑞秋，在發現對方是路易斯之後，再度尖叫出聲，然後摀住臉放聲大哭了起來。

場面十分混亂。

原來瑞秋其實偷偷暗戀著朋友的哥哥路易斯，縱使自己行為放蕩不檢點是事實，她還是不想被自己的暗戀對象知道這件事。偏偏路易斯還親手揭發了如此不堪的一幕。瑞秋哭得宛如天要塌下來似的。

她又哭又鬧，一下吵著這不是真的，一下又說是路易斯認錯人了，瘋狂折騰了好一番。哭成青蛙眼的她，最後甚至開始耍賴，說路易斯既然看到她的裸體，就必須對她負責才行。

路易斯好不容易才將人給安撫下來，哄她穿好衣服然後送回家去，此時天空已漸露魚肚白。路易斯感覺一股沉重的疲勞感壓身。

面對路易斯的譴責，賽里昂公爵雙手抱胸，嘴角含著一絲嘲諷笑意。

「你應該沒什麼立場去教訓別人的緋聞吧？」

「……我並不是在教訓……」

路易斯只是覺得對未成年下手有些過分罷了。他忍住嘆氣的衝動，點了點頭。身為近來最為知名的淫亂人物，自己又有什麼資格對他人感到失望。

「您也知道的，我們現在正在調查繩索人的案子。雖然不是懷疑公爵閣下，但是希望您能誠實地回答問題。」

賽里昂擺了擺手，一副隨便他問的模樣。

「您為什麼會來這裡？」

賽里昂公爵在一號街有一間官邸，瑞秋則是住在二號街的宅邸中。這兩人大半夜的跑來七

Chapter.8 ✦ ✦ ✦

號街的原因究竟是什麼？

「那是因為……這附近旅館多嘛。」

「什麼？」

「這邊旅館比較多啊。我又不能帶著她在二號街那邊的旅館開房，幹嘛那副表情？你明明也知道的啊，大家不是都愛來這附近嘛？」

「是這樣嗎？」

聽到路易斯的質疑，賽里昂臉上寫著你在跟我開玩笑嗎，他嗤笑了一聲：

「裝什麼，我都看到了，你也來過這裡。」

「……您是說我嗎？」

我來過這裡？路易斯眨了眨眼睛，腦中瞬間閃過了一個念頭。

「——是四個月前嗎？」

路易斯這輩子來過這裡的旅館就那麼一次而已。

就在四個月前的那個夜晚。

賽里昂公爵笑咪咪地摩挲著下巴。

「已經過了那麼久啦？就是夏季舞會的那個晚上。我看到你和一個男人一起進了旅館，那時還滿驚訝的，你竟然會和一個男的去那種地方。」

對方饒富興味的眼神讓路易斯嚥了口口水。

「我本來還打算替你保密的，結果幾天前看了報紙，說實在的，讓我有種遭到背叛的感覺呢。」

有到背叛的程度嗎？路易斯想起關於自己的那些淫亂情色性的詆毀報導，皺起了眉頭，就在下一刻：

「——！」

路易斯倏地被猛力一拉，待回過神來，他已經在賽里昂公爵的懷裡了。路易斯還來不及反應這是什麼情況，肩膀已經被對方箝制住，後背靠在馬車的長座墊上。

「如果你的屁股這麼輕浮隨便的話，我也是很感興趣的。」

把路易斯的肩膀壓在座墊上的賽里昂公爵文質彬彬地說道。

「……什麼？」

「裝一臉的無辜是你的風格嗎？又是三皇子又是皇太子的，還有那天和你一起進旅館的那個傢伙，看你這麼會玩，再多加我一個又何妨？其實——你的對象不只那些人對吧？」

賽里昂說話的同時一邊在路易斯的臀部捏了一把，路易斯至此才終於明白眼下這是什麼情況。

「——呃！」

他擒住賽里昂放肆的手，使力一扭，雖然有些微的反抗，但用不到一分鐘的時間，路易斯就已將賽里昂推到了馬車一側的帳幕上，鎖住他的雙手。路易斯使勁按住賽里昂反扣在身後被扭轉的手腕上，解釋道：

「閣下您誤會了。」

「放手！先放開我再說！」

「襲擊值勤中的警備兵是違法的行為，是在挑戰皇帝陛下的權威。」

「唔、好了我知道了！」

賽里昂惱羞成怒地大吼一聲，路易斯這才鬆手，退開幾步，坐在了對面的位子上。

「還有，那天和我一同進旅館的就是威頓公爵。」

路易斯承認自己確實有和別人糾纏不清，但還是得澄清一下人數只有兩位，而不是三個人。

聽見路易斯語氣冷靜的解釋，賽里昂氣吁吁地甩動著扭到的手腕，臉上露出了十分荒唐的神情：

「你在說什麼？那個人不是拉斐爾啊？」

「咦？」

「根本就不是他啊，那個人不是紅頭髮的嗎？」

「……您是不是看錯了？」

皇室的男性成員當中，阿拉爾侯爵是唯一的紅髮。而且他已婚，和他太太兩人是出了名的模範夫妻。前陣子報紙上還刊登了侯爵夫人懷孕的消息。

「……有嗎？那裡確實是挺昏暗的——但你說那個人真的是拉斐爾？」

「……」

路易斯答不出來，只能面無表情地望著賽里昂，而後者一臉不置可否地傾斜著腦袋，搖頭晃腦地作勢在搜索著記憶，隨後卻擺了擺手：

「罷了，其實我也沒看清，是當時和我在一起的女人說她很清楚地看見了，我們還想出了幾位紅頭髮的人選，在床上討論著那個男人究竟是誰呢。」

「……這樣子啊。」

「嗯。啊、她不會傳出去的，要是被人知道她在這種地方見到你，她自己也會惹上不少麻煩。」

賽里昂以為路易斯僵硬的神色是在擔心會有謠言傳出去，於是還這麼補充道。

路易斯不發一語，腦子裡再度充滿了混亂不堪的思緒。薩布里娜見到的是路易斯離開舞會會場時的身影，單憑那時的背影就判斷是威頓公爵是否太過草率了？紅頭髮？也有可能是和賽里昂公爵在一起的那位女士眼花看錯了。這附近沒有路燈，黑漆漆的，紅髮和棕髮又是極容易混淆的髮色。

# Chapter.8 ✦ ✦ ✦

「不過……閣下不是有未婚妻了嗎？」

路易斯像是突然發現自己沉默了太久，抬頭隨口問了一句，正在穿著襯衫的賽里昂聞言，揚起了眉峰：

「你不是也在和我兄弟們交往，說這什麼話？」

「……沒有，我和那兩位並不是正式交往的關係。」

本來想轉移箭靶的路易斯，反而遭到了更沉痛的回擊。他打算等一下工作結束後就要去拜訪威頓公爵，向他拒絕並且道歉。至於和梅特涅……就只是一場遊戲而已。

「我也是如此，所以說啊……既然你和他們兩只是玩玩，多加我一個又怎樣？既然沒有要認真地交往，和越多人一起玩，不是更開心嗎？」

賽里昂公爵輕撫了一下路易斯的大腿。

路易斯低頭默默看著爬上他大腿的那隻手，莫名想起了白天在他大腿上游移的白皙手掌。當那隻手撫摸著路易斯的大腿時，他和梅特涅的呼吸同時變得急促並渾濁。

「……是嗎？我可能沒辦法接受那種玩法。」

路易斯揮開他的手，抽出了腰間的劍擺在旁邊。看著那把隨時會出鞘的劍，賽里昂公爵舉起雙手乖乖地後退，讓路易斯繼續完成一度中斷的調查。

一個就已經快無法招架了，還想要多幾個人？真的有辦法單純只是發生關係而不帶感情的

「玩玩」嗎？路易斯覺得自己好像永遠無法理解這種作法。

◆◆◆

「喔，這個您覺得如何？」

梅特涅歪頭看著班奈狄克舉起的紫色袖釦。他喜歡路易斯像著了迷似的盯著自己的雙眼看，可不想用此分散了他的注意力。

見梅特涅沒應聲，班奈狄克隨即拿起另一個藍色網狀袖釦：

「這一副也和今天的衣著十分相襯。」

「嗯……這個是否看起來有點寒酸？」

梅特涅這番擔憂讓班奈狄克激動得跳腳：

「殿下就算戴的是石頭，也絕不會顯得寒酸！」

事實上，即使真的戴了顆石頭，對方也不會在意的，不管戴哪一種袖釦其實都無所謂。

「但還是希望能看起來更漂亮一些。」

梅特涅看著鏡子裡的自己喃喃說道。

這幾天梅特涅為了決定舞會時的裝束，就像女士們在打扮似的，花了很長的時間在挑選衣服和飾品。挑選襯衫，選好絲巾，梅特涅依舊在鏡子前徘徊來去。因為等到了早上，帶著一臉倦意的路易斯就會走進他的寢室裡來。

梅特涅會在桌子前的椅子上坐著，假裝在看報紙，等路易斯一進來，就朝他伸出手，命令路易斯吻他。路易斯會先露出一絲為難的樣子，但又像是忍不住要親吻迎接自己回家的小狗那般，唇瓣立刻就貼了上來。梅特涅只要覆上路易斯的臉頰，輕輕在他下唇吮舔一下，路易斯的耳垂就會開始泛紅。

當梅特涅在路易斯耳邊輕問：

『今天還順利嗎？』

路易斯便會垂下眼簾、傻楞楞地回答『唔、是的』，梅特涅覺得他這副模樣實在太過可愛，總是愛這麼溫聲細語地逗他。

梅特涅知道路易斯喜歡自己這張臉，無關情感。就算在聊別的事情，路易斯也老是情不自禁地瞅著他的臉看，這一點他不可能沒有發現。儘管路易斯很快又會露出那副不太情願的表情，但他還是時不時會捕捉到路易斯瞬間展露的癡態。

就因為路易斯那癡迷的目光，在學院時期，梅特涅一直以為路易斯喜歡著自己。

學院一年會舉辦兩次的男女聯合訓練，在某次訓練結束後的用餐時間，男生之間進行了某種慣例性的討論。

例如：誰長得最漂亮？

雖說女孩們脂粉未施的，還穿著沾了泥巴的訓練制服，實在是都漂亮不到哪裡去，但大家還是提出了幾個人選，像是薩布里娜或洛琳這種相貌端正的美女都有人談論。所有人逐一發表自己心目中覺得漂亮或是賞心悅目的對象，話題轉了一圈，來到了路易斯身上。

『路易斯你呢？你覺得是薩布里娜嗎？』

路易斯嚼了嚼嘴裡的義大利麵，嚥了下去，然後回答：

『梅特。』

聽見路易斯的答案，在場每個人瞬間鴉雀無聲，甚至整個餐廳都變得安靜下來。因為梅特涅本人就坐在路易斯隔壁正在一起吃著飯。

『怎麼了？這是事實啊？』

路易斯泰然自若地，彷彿在陳述著天空是藍色的這種答案顯而易見的命題。

『……是沒錯啦……』

大家神色曖昧地躲避著視線，一邊點著頭。

梅特涅看著身旁那毫不害羞的側顏，放下了叉子，用餐巾紙擦了擦嘴問道：

『你的意思是說我比她們漂亮？』

路易斯點點頭。

竟然對著一個男人說他漂亮，雖然這是事實沒錯，但對方可是皇太子啊。即使現在是坐在一起吃飯，彼此熟稔地以名字相稱，雙方之間還是有一道無法跨越的鴻溝。就算是好意的讚美，假如梅特涅聽在耳裡時感受到了一絲侮辱之意，路易斯就可能因為這樣一句話，從此人生再也無法順遂。

大家不知道梅特涅會做何反應，全都屏住了呼吸看著他們兩個。

『在我見過的所有人當中，你是最漂亮的。大家難道不這麼認為嗎？』

路易斯似是不懂這麼說哪裡有問題，不解地眨了眨眼睛。儘管沒有半個人出聲回答，路易斯也繼續盯著梅特涅瞧，覺得他實在是長得不可思議地好看。

『……』

其實美麗漂亮的這些讚嘆梅特涅早就聽膩了。他自己也有長眼睛，鏡子更是多到不行，對於自身的與眾不同很有自知之明。那些數不清的讚美，梅特涅已經是聽到厭煩的程度，無論誰用怎樣的詞彙來形容，他通常置若罔聞。

然而……

『嗯。』

他彎起眼眸對路易斯微微一笑，只見路易斯白淨的後頸立刻泛起了紅暈。

比起被稱讚長得漂亮，路易斯後頸的反應更讓梅特涅感到開心。

梅特涅理所當然地認為路易斯是喜歡自己的。畢竟路易斯每次見到自己時都是一臉著迷的神情，令他自然而然地認定這傢伙肯定是喜歡上了自己。

路易斯癡癡的眼神十分可愛，讓梅特涅忍不住一瞧再瞧，於是視線便一直落在那張清秀端正的臉蛋上。烏黑的頭髮，深邃的黑眼珠，白皙的肌膚，挺拔堅韌的身軀。雖然路易斯不是特別整潔愛乾淨，但梅特涅總覺得他身上散發著一股清新好聞的味道。

梅特涅原先並無和男人交往的打算，現在卻產生了如果路易斯向自己告白的話，他願意接受的想法。他甚至盤算著到時是不是應該為難一下對方、裝一下矜持比較好，但是從來沒有想要拒絕路易斯的這種念頭。他選了一個男的太子妃，想必母后和大臣們一定會驚訝不已。梅特涅暗自期待著路易斯什麼時候才要向自己告白，日子一天數過了一天。眼看畢業典禮就要來臨，看來膽小的路易斯是要選在畢業典禮時告白了吧，梅特涅一邊這麼猜想著的同時，內心也有點焦躁不安了起來。

然而，從學院畢業的這一天，路易斯並沒有向他表白，只是平平淡淡地說了一句：

「我已加入了警備團，以後很難再見到您了，殿下。」

梅特涅直到看見路易斯臉上充滿了畢業的喜悅，沒有半點的遺憾不捨，才終於意識到，一直喜歡著對方的人不是路易斯，而是他自己。

會看到路易斯失神地盯著自己、看到他因為對視後的微笑而後頸羞紅，這些都是因為自己已經注視著對方很久了才發現的事情。

『你現在不叫我梅特了？』

儘管知道自己說了蠢話，但是這一點最令梅特涅感到難過。才剛畢業，路易斯就與他劃清了界線，輕而易舉地用某種像刀子般鋒利的東西從兩人中間一掠而過，將他們隔開，他看起來是那麼輕鬆自若，不存在任何糾結。

路易斯歪著頭笑了笑：

『都已經畢業了，怎能直呼名諱呢，現在遊戲該結束了——不曉得當初長輩們這樣吩咐的用意何在。』

路易斯聳了下肩膀。

他說得沒錯。把同齡的孩子們集中在學院裡，假裝一視同仁，平起平坐，是長輩們為了皇太子梅特涅所特別準備的一場遊戲。讓他玩交朋友的遊戲、玩競爭對手的遊戲——享受完這一段時間的自由，等到了畢業的這一刻，隨即要他恢復一人之下，萬人之上的身分。

儘管梅特涅知道路易斯說的話都是對的，面對著路易斯的臉，他卻笑不出來。

『……就這樣結束了嗎？』

突然被梅特涅一把抓住胳膊，路易斯一臉的詫異：

『您說什麼？』

路易斯脫口而出的「您說什麼」，讓梅特涅瞬間面部扭曲。明明這五年來使用的都是平輩之間親近的用語，怎麼能一下子說變就變，立刻開口閉口都是尊稱敬語呢？

一陣櫻花花瓣吹落，是個春光明媚的大好天氣。

就算不問出口，梅特涅也知道一切都將結束在這裡。梅特涅的身後已經排了一列的侍從要來接他前往太子宮，而另一頭則是路易斯「真正的朋友們」，正在等著路易斯過去和他們會合。

只有自己必須和路易斯就此分開。想到自己還打算等路易斯告白之後，就要帶著他一起回太子宮去，梅特涅悵然地笑了。彷彿硬生生嚥下邊緣銳利的冰塊，內部被傷得千瘡百孔，此刻卻只能露出笑容來。

見梅特涅一直不說話地站在那裡，路易斯默默觀察著他的表情。

『祝您永遠安康，願帝國綻放美好的未來。』

似是找到了臨行前道別的時機，路易斯在梅特涅面前單膝下跪，向他獻上祝福。

梅特涅低頭看著路易斯的頭頂，遲遲未開口讓他起身，時間久到其他人都開始感到疑惑的程度，最後班奈狄克不得不過來解圍。

梅特涅才剛讓路易斯起身，路易斯便如逃跑似的，轉眼消失在人群之中。

『……兔子都沒有他跑得快呢。』

『確實是如此。』

Chapter.8 ✦ ✦ ✦

班奈狄克也這麼答道。

路易斯早已混入人群裡，看不到他的身影。對梅特涅來說，這是他與初戀最後的告別，路易斯卻連個背影都不留給他回味。

之後與他的互動也一直如此。

梅特涅建議過路易斯說太子宮也有職缺，或是推薦他到盡量能夠就近見面的騎士團工作，路易斯卻偏要留在那破破爛爛的警備團裡。

面對梅特涅，路易斯總是一副面有難色的模樣。就算梅特涅召他過來說話，只要稍一不留意，路易斯就悄然告退離去。他就像一隻膽小的兔子，淨是往梅特涅視線無法觸及之處躲藏。

「……我實在是受夠了他一再的逃離。」

梅特涅嘀咕的聲音裡摻雜著一絲不耐，班奈狄克聽了也是點頭表示同意。路易斯上週的那種表現確實令他看了也不禁感到瞠目結舌。

那天的晚餐約定，由於兩人是第一次單獨用餐，梅特涅笑得很是燦爛，打扮的時間比平常多了兩個小時，要上桌的餐點也一一用心確認。因為路易斯說了暫時不吃肉，他仔細叮囑著餐點全都不要有肉，海鮮大概沒問題，總之先多準備一些等等，注意著這些細節之處。為了路易斯，梅特涅做出了這輩子一次都沒做過的事，滿心期待地等著路易斯的到來。

到了八點鐘，路易斯連個影子都沒出現，坐在桌前的梅特涅臉色越來越冰冷僵硬。看梅特涅的臉色變得那樣難看，肯定是想起了畢業典禮那天的回憶，班奈狄克於是匆匆忙忙地直接去找路易斯過來。

路易斯不但沒有在前往太子宮的路上，他還一臉忘記了晚餐之約的臉，煩惱著是否要去赴約。一得知女人清醒的消息後，便想也不想地馬上取消了晚餐約會，彷彿正好讓他等到了一個不用赴約的藉口。

班奈狄克在稟告梅特涅這個消息時也非常地痛苦。

梅特涅動也不動地坐在餐桌前等待著路易斯，不管班奈狄克說他不會來說了多少遍，梅特涅依舊是無動於衷。他就這樣低頭看著空蕩蕩的餐桌，究竟在想些什麼，班奈狄克也無從知曉。

幸好自從那天起，路易斯每天都來太子宮一起用餐。他大清早髒兮兮地進宮，清洗一番之後，班奈狄克將他送入梅特涅的寢室，他會乖乖地和梅特涅同睡一張床。

班奈狄克懷著半是不安半是喜悅的心情迎接著路易斯，他甚至開始盼望連環殺人魔最好一直這樣逍遙法外，路易斯才能在這段期間持續地陪在梅特涅身旁。

「我還以為那天已經把他抓到手了。」

「……是啊。」

在梅特涅的自言自語聲中，班奈狄克打開了更衣室最底部的那扇門。裡面全是梅特涅微服出訪或參加化裝舞會想變裝時配戴的假髮。

*Chapter.8* ✦ ✦ ✦

一頂紅髮從一堆假髮之中啪地掉落。梅特涅瞥了一眼掉在地上的假髮，不禁嗤地笑了。他走過去蹲了下來，拾起了那頂假髮，發出了沉吟。

「嗯……」

被兔子咬傷的那天，梅特涅戴的就是這頂假髮。

高寶書版集團
gobooks.com.tw

CRS007
**Who's Your Daddy? 誰是你爸爸？ 上**

作　　者　張良 JANG RYANG
繪　　者　Sashimi
譯　　者　鮭魚粉
編　　輯　賴芯葳
美術主編　林鈞儀
排　　版　彭立瑋
企　　劃　黃子晏
版　　權　顏慧儀

發 行 人　朱凱蕾
出　　版　朧月書版股份有限公司
　　　　　Hazy Moon Publishing Co., Ltd.
地　　址　臺北市內湖區洲子街 88 號 3 樓
網　　址　www.gobooks.com.tw
電　　話　(02) 27992788
電　　郵　readers@gobooks.com.tw（讀者服務部）
傳　　真　出版部　(02) 27990909　行銷部 (02) 27993088
郵政劃撥　19394552
戶　　名　英屬維京群島商高寶國際有限公司臺灣分公司
發　　行　英屬維京群島商高寶國際有限公司臺灣分公司
初版日期　2022 年 4 月



國家圖書館出版品預行編目 (CIP) 資料

誰是你爸爸 ?/ 張良 JANG RYANG 著 ; 鮭魚粉譯 . -- 初版 .
-- 臺北市 : 朧月書版股份有限公司出版 : 英屬維京群島商高寶國際有限公司台灣分公司發行 , 2022.04
面；　公分 . --

譯自 : 후즈 유어 대디 ? (Who's your daddy?)

ISBN 978-626-95988-0-9( 上冊 : 平裝 ). --
ISBN 978-626-95988-1-6( 下冊 : 平裝 ). --
ISBN 978-626-95988-2-3( 全套 : 平裝 )

862.57　　111005061